Christian Jakob Wagenseil

Vermischte Gedichte und prosaische Aufsätze

Christian Jakob Wagenseil

Vermischte Gedichte und prosaische Aufsätze

ISBN/EAN: 9783743375802

Hergestellt in Europa, USA, Kanada, Australien, Japan

Cover: Foto ©Andreas Hilbeck / pixelio.de

Manufactured and distributed by brebook publishing software (www.brebook.com)

Christian Jakob Wagenseil

Vermischte Gedichte und prosaische Aufsätze

Vermischte Gedichte

und

prosaische Aufsätze

von

C. J. Wagenseil.

Erstes Bändchen.

Kempten,

Gedruckt und verlegt von der typographischen
Gesellschaft. 1785.

Seiner theuersten Freundin

und

Landsmännin

Frau von La Roche

zu Speier

zugeeignet,

von

Wagenseil.

Vorbericht.

Da ich es einmal versucht habe, dem
Publiko einzelne Gedichte und
prosaische Stücke lesen zu lassen, so dünkt
mich, sey das Wagstück, sie zu sammeln
und mit einigen ungedruckten zu vermehren,
um kein Haar größer, besonders da ich
spürte, daß man sie hie und da nicht ungerne
gelesen hat. Ich habe nicht alles in diese
Sammlung aufgenommen, was etwa mit
und ohne meinen Namen, mit oder ohne
mein Vorwissen, gedruckt worden ist, auch
verschiedene ungedruckte Stücke zurück behalten. Vielleicht hätt' ich noch strenger aus-
wählen sollen? — Es kan seyn! Allein man

ches Gedicht, das vielleicht den poetischen
Wert eines andern nicht hat, war mir um
gewisser Gedanken willen lieb ; oft auch nur
der Gelegenheit wegen, durch die es sein
Daseyn bekam. Warum sollt' ichs also nicht
neben die besser gerathenen Kinder meines
Geistes und Herzens stellen dürfen ? Die
Schwachen haben den ersten Anspruch auf
Liebe und Duldung, und es ist billig, daß
man um der gesunden Brüder willen ihre
Flecken und Fehler mit Nachsicht und Ge-
duld trage.

Ich habe meine Arbeiten chronologisch
gestellt. Kenner mögen urtheilen, ob meine
Muse vorwärts gegangen sey. Ohne mein
Erinnern wird man es denen leicht ansehen,
die Früchte solcher harmlosen Stunden sind,
wo die Seele von allen drückenden Gefülen
sich auf eine Zeitlang loswindet, Schicksal,
Menschen und Leidenschaften, mit denen sie
sonst zu kämpfen hat, vergißt; worinn ihr
die Welt im rosenfarbnen Glanz erscheint
und

und der Anblick der schönen Natur und der
Geschöpfe Gottes eine unnennbar süsse Behag=
lichkeit über sie verbreitet. Solcher Stun=
den giebt es freylich nur sehr wenige; aber
glücklich, wenn man sie sogleich, indem sie
sich zeigen, beym Schopf erhascht, und we=
nigstens ein Angedenken davon in trübere
Tage mitbringt.

Da dieser Vorbericht zugleich auch für
den zweyten Theil gelten soll; so kan ich nicht
unterlassen, noch ein und anders, was mir
auf dem Herzen liegt, zu sagen. Ich kan
es nicht hindern, daß nicht Liebhaber von
Anekdotenjägereyen zu ein und dem andern
Gedicht werden den Schlüssel zu besitzen ver=
meynen. Sie können manchsmal etwas erra=
then, ein andermal aber mächtig irren. In
jedem Fall wird es vielleicht Nasenrümpfen
absetzen, daß an gewisse Personen Gedichte
verfertigt worden sind. Ich hätte sie, um
dem Aergerniß vorzubeugen, geradezu weglas=
sen können, wenn ich nur gewollt hätte.

)(2   Allein

Allein, da ich manche Thorheiten übersehen
lernte, so wird auch das mir keine unruhige
Minute machen, wenn jemand etwa übel
nehmen wollte, daß ich ihrer Verdienste,
oder ihres Herzens wegen, Personen besungen
habe, die nicht zu den sogenannten Leuten
von Stand gehören, deren einziges Verdienst
in ihrem Bißgen Geld besteht, das sie viel:
leicht noch auf die leichteste Art von der
Welt erworben haben. Diese Narren mögen
immer mit ihrer dummen Selbstgefälligkeit
auf mich herabsehen, und ihre hochweisen An-
merkungen machen; ich werde deßwegen nie
anders handeln, als ich bisher, von Ueber-
legung und Nachdenken geleitet, zu handeln
gewont war, werde in einem reichen Pinsel
nie den Mann von Kopf, einem hochmüti-
gen Thoren nie das Bild der Weicheit, in
einer Kokette nie eine Tugend verehren; aber
allzeit Verdienste und Rechtschaffenheit laut
preisen, und wenn sie auch im Bauerkittel
steckten. Und so wandert demnach hin, ihr
Früchte meiner besten Stunden! vergnügt
                                        die-

diejenigen, die euch gern aufnehmen, weil
ihr von mir kommt. Drängt euch nirgends
ein, wo man euch nicht gerne hat, denn
euer Vater weis, daß es unmöglich ist, allen
zu gefallen, und daß man denen aus dem Wege
gehen müsse, welchen unsre Gesellschaft Ver=
druß bringt; denn in diesem Fall hat kein
Theil Vergnügen. — Ob euch die Kunst=
richter so gut begegnen werden, da ihr in
Gesellschaft erscheint, als damals, da ich
euch einzeln in die Welt schickte, müßt ihr
erwarten. — Seyd dankbar, wenn sie euch
billig und mit Schonung aufnehmen, laßt
euchs aber auch nicht verdrießen, wenn ein
oder der andere ein unfreundliches Gesicht
macht. — Dies ist die wohlgemeinte Lehre,
die ich euch mit auf den Weg gebe.

Meinen Freunden und Freundinnen geb
ich diese Sammlung zum Andenken dessen,
den sie ihrer Liebe wert halten. Sie wissen
es, daß ich nie sang, blos um zu singen,
sondern daß mein Herz des Gegenstandes voll

war,

war, dem ein Lied geweiht werden sollte.
Der Gedanke, daß ihnen die Ergießungen
meiner Seele gefallen haben, und die Hoff-
nung, daß das wieder zu Herzen gehen werde,
was von Herzen kam, konnte die Bedenklich-
keiten allein überwinden, die man gewönlich
einem Dichter zu machen pflegt, der seine
zerstreuten Arbeiten sammlet.

Der größte Theil meiner Gedichte besteht
aus Liedern und andern kleinen Stücken.
Dazu glaubt' ich mich fähig, und — non
omnia possumus omnes! Ich habe daher
lieber meinen eigenen Karakter behalten, als
eine fremde Manier, der ich nicht gewachsen
wäre, nachäffen, lieber eigene Empfindungen
ausdrücken, als fremde erzwingen wollen.
Blos um die Unbequemlichkeit eines zu starken Bandes zu vermeiden, hab ich diese Sammlung abgetheilt, nicht aber in Hofnung, als
könnte noch ein dritter Theil hinzukommen.
Ich dürfte wohl schwerlich jemals wieder in
den Fall kommen, dem Publiko Gedichte
ver

vorzulegen, und vielleicht verliert man wenig
dabey. Andere Arbeiten und Verhältnisse,
die mit diesen ziemlich heterogen sind, wer=
den wohl meine Leyer nach und nach ver=
stimmen. Sollte ich noch ferner Verse ma=
chen, so würd ich dazu vielleicht am ersten
die Epistel wählen, die ohnedas mehr ein
Werk des Mannes, als des Jünglings ist.
Man wird im zweyten Theil einige Proben
finden, die vielleicht — wofern eigenes Ur=
theil nicht trügt — Kennern nicht ganz miß=
fallen sollten. Steh ich aber am Ziel meiner
poetischen Laufban; wohl mir, wenn ich der
Welt dann nur auf andere Art nützlich werde!
Ich glaube von ganzem Herzen an Uzens
treflichen Ausspruch:

"Einem Armen Recht zu sprechen,
Und wenn die Unschuld weint, an Frevlern
sie zu rächen,
Sey göttlicher als ein Gedicht."

)(4   Ich

Ich weis nun nichts weiter zu erinnern, und kan meinen Vorbericht schliessen, der vielleicht für manchen schon zu lange gewor= den ist.

Kaufbeuren, im Maymonat 1785.

Wagenseil.

Innhalt.

I.

Gedichte.

Ode

II:
Prosaische Stücke.

Ende des ersten Bändchens.

Subscribenten-Verzeichnis.

Augsburg.

Herr Benz.
Demoiselle Euphrosina Regina Calmberg.
Herr Stuve. 2 Er.
Demoiselle Anna Regina Willn.

Biberach.

Herr Prediger Hocheisen.

Carlsruhe.

Herr Buttmann von Frankfurt am Mayn.
— Advokat Eichhorn.
Madam Caroline Herzberg, geb. Kärner.
Demoiselle Friderika Kärner.
Herr von Killingen.
Demoiselle Klos.
Herr Karl Liebfeld.
— Friedrich August Meyer, d. R. W. zu Göttingen.
— L. M. zu Göttingen.
— Herr von Preußen.
— Karl Friedrich Schmidt, d.R.W. zu Göttingen.

Erfurt.

Madam Charlotte Emminghaus, geb. v. Einem. 2 Er.
Herr Lic. Gauber in Cassel.
Frau Forstmeisterin von Voigt, zu Melle bey Osnabrück.

Gotha.

Herr Bibliothekar Reichard.

Hamburg.

Madam Günther, geb. Krochmann.
Herr Licentiat Johann Arnold Günther.

Hanau.

Herr Pfarrer Götz, Lehrer der Durchl. Prinzeſſinnen
von Heſſen. 10 Er.
— Cornelius Lavater.
— Johann Chriſtoph Meyer, aus Kaufbeuren.

Kaufbeuren.

Herr Matthäus Bachſchmid.
Jakob Brack, Webergeſell.
Thomas Brack.
Demoiſelle Anna Catharina Berkmüllerin.
Mad. Bochin, geb. Berkmüllerin.
Herr Johann Daniel Boch.
— Frezdorf.
— von Gröben, königl. preußiſch. Oberlieutenant.
— D. Hartlieb, Syndicus.
— Georg Jakob Heinzelmann.
— Chriſtian Gottlieb Heinzelmann.
— Leonhard Jakob Heinzelmann.
Demoiſelle Cath. Magd. Heinzelmännin.
Herr Johann Jakob Hörmann, von und zu Gutenberg.
— C. F. L. Hohbach, Apotheker.
— Johann Chriſtian King.
— Prokurator Lankmeyer.
— Jonas Daniel Meyer.
— Johann Ulrich Meyer.
— Johann Daniel Meyer.
Johann Ulrich Reinhard, Ev. Meßner.
Samuel Schönwetter, Poſementir.
Herr Diakonus Steck.
— Karl Albert Steck.
Johann Georg Steudle, Muſikus.
Johann Jakob Spät, Webergeſell.
N. N. Unſinn.
Friedrich Urbach.
Frau Uſenbenzin.
Herr Chriſtoph Jakob Wagenſeil.
— Chriſtoph Daniel Walch.
Spitalmüller Wiedemann.
Demoiſelle Suſanna Catharina Wörl von Wöhrburg.
Herr Johann Ulrich Wörl von Wöhrburg.
Drey Ungenannte.

Kehl.

Herr Hofbuchdrucker Müller. 6 Er.

Kempten.

Herr D. Abele, Syndikus.
— A. von Eberz.
— Peter Gebhard. 5 Er.
— J. F. Karg.
— Wöhrmiß, Conrector.

Lindau.

Fräulein von Curtabatt.
Herr Rector von Eberz.
— Consulent Feld.
— Gerichtsassessor Kaltschmid.
— Actuarius Riesch.
— Matthias Riesch.
— Elisäus Rittmeyer.
— Canzleydirektor Schlatter.
— Consulent von Sentter.
— Postsekretär Tauffer.
— Pfarrer Thoman.
— Herr Gerichtsassessor Westermeyer.

Magdeburg.

Herr Musikdirector Rolle.

Memmingen.

Herr Meyer Buchhändler. 6 Er.
— Rupprecht, Kanzlist.
— Fabrikant Schelhorn.
— Pfarrer Schelhorn.
— Gerichtsassessor Schelhorn.

München.

Herr Strobl. 4 Er.
— Professor Zaupser.

Speyer.

Frau Staatsräthin von la Roche.
Herr Rektor Hutten. 9 Er.

Tübingen.

Herr Studiosus Hörner.
— M. Schlotterbeck.
— M. Wieland.

Wien.

Herr Aloys Blumauer, k. k. Büchercensor.
— Dauer, Mitglied der k. k. Nationalbühne.
— von Geissenhof.
— Jünger, Vicedirector der k. k. Malerakademie.
Demoiselle Müller, Mitglied der k.k. Nationalbühne.
Herr Müller, Mitdirektor der k. k. Nationalbühne.
Frdulein Catharina von Pûthon.
Herr Ratschky, k. k. Hofconcipist.
— Joseph, Edler von Retzer, k. k. Hofconcipist und
    Büchercensor.
☞ Baron von Rull, k.k. Oberlieut. unter dem löbl.
    pellegrinischen Regiment.
Madame Schütz, Mitgl. der k.k. Nationalbühne.
Herr Joseph, Edler von Sonnenfels k. k. Hofrath
    und Professor.
— Stephanie der ältere, Regisseur der k. k. Nationalb.

An die Dichtkunst.

Sey mir gegrüßt, im schimmernden Stralen-
gewande,
Tochter des hohen Olymps, du Herrscherin über
die Herzen!
Wohl mir, daß du herab den goldnen Zepter
geneiget,
Da mich die Mutter gebahr.
Ganz umstralte die Wiege, und Harmonien er-
tönten
In das Ohr des lauschenden Knaben.
Da ergrif ich mit meinen Händchen die Leyer,
Und du lächeltest sanft. —
Wie beym Lächeln der Braut das Herz des zärt-
lichen Jünglings
Freudig erbebet, voll Ahnung von künftigen
Freuden,
So erbebte mein Herz.

Wie des Bräutigams Blick am Auge des besten
der Mädchen

Sehnsuchtsvoll weilet; so hing das Auge des
Kindes

Göttliche! sehnend an dir,

Da erschien die jüngste der Musen mit silbernem
Füllhorn,

Goß mir Wärm' in mein Herz;

Mitleid, beym Schmerz gequälter Brüder zu
weinen,

Und Gefüle für Freuden und Lust.

„Oefters, sagte sie drauf, wird zwar die
beste der Gaben

Die ich zu geben vermag, dein Herz voll Mitleid und Liebe,

Armer Knabe! dich drücken.

Aber oft soll sie dir auch Himmels Wonne gewähren.

Sieh, dies Auge, das einst bey eignem —
bey andrer Leiden

Heisse Thränen vergießt, das wird die göttliche Schönheit

Der Natur dagegen entzücken.

Freudig wirst du dereinst der Sonne feurige
Stralen,

Freudig den wandelnden Mond,

Auch das Siebengestirn und seine Brüder erblicken.

Gerne

Gerne vernimmt dein Ohr das Rauschen des
        stürzenden Stromes,

Gerne der Nachtigall zärtliches Lied.

Dich wird der Rose Geruch, die Tulpe, das
        zitternde Veilchen,

Dich die wallende Saat und der fruchtbare
        Baum

Mit Entzücken erfüllen.

Gerne wird sich dieß Herz eröfnen den Freuden
        der Freundschaft,

Gerne der Liebe gefälliger Lust.

Nimm, o Knabe! die Kraft das Gute vom
        Bösen zu scheiden,

Einzusehen, was edel und groß.

Scheuche die Thoren hinweg, entreiß Tartüffen
        die Maske,

Schätze bescheidnes Verdienst, das sich in Hüt-
        ten verbirgt.

Singe die holde Natur, die Freundschaft, singe
        die Liebe

Wie dein Busen sie fühlt. —

Lohnt dich der Beyfall der wenigen Edeln im
        Lande,

O so kränke dich nie der Thersiten Geklaff!„ —

Habe Dank, o stralende Tochter des Himmels!

Für die unnennbaren Freuden, die oft die Gabe
        zu dichten

        Mir

Mir gewährte, Dank dir, hienieden im Staube! —

Wenn mich Sorgen umschwebten, wenn melan-
    cholischer Tiefsinn

Mir die Stirne bewölkt, verjagtest du Bilder
    des Grames,

Sprachst, an der Hand der göttlichen Schwester,
    der Tonkunst,

Frieden und Ruh' in mein Herz, und neue
    Freude zu leben.

Lächle ferner mir zu, laß mir mein Saitenspiel

Tönend, bis einst der Puls in den Händen mir
    stocket.

Rein sey immer mein Herz, daß ewig mir die
    Natur sey

Reizend, mein forschender Blick gern' ihre
    Schönheiten sieht.

O! dann werd' ich am Abend des Lebens dir
    singen,

Wie ich als Knabe schon dir, beste der Göttinn!
    sang.

Lied

Lied.

Im November 1777.

Ringsum, wo Gottes Sonne flammt,
Auf Bergen und in Klüften,
In Flur und Hain, in Wald und Thal,
In Tiefen und in Lüften,
Ringsum, ringsum in der Natur,
Fühlt sich die kleinste Kreatur
O Liebe dir geschaffen!

Auch mich, als ich gebohren ward,
Blies an der Hauch der Liebe.
Mir ward ein warmes Herz zu Theil,
Voll reiner treuer Triebe,
Doch einsam irr' ich noch umher,
Noch ist die Schöpfung öd' und leer,
Noch werd' ich nicht geliebet.

Ich kenn' ein Mädchen, Engelrein,
Ihr wallt mein Herz entgegen;
Ich denk' an sie, sie ist um mich,
Auf allen meinen Wegen.
Ach! ist so treu, und fromm und gut,
Und edler Sinn, und froher Muth,
Stralt aus den Feuerblicken

O Liebe! laß aus ihrem Blick
Mich neue Wonne trinken;
Nur einmal noch voll Seeligkeit
Ihr an den Busen sinken!
Und wenn der Mund nicht reden kan,
So höre sie mein Stammeln an:
Ich will dich' ewig lieben!

Gott! könnt' ich doch an ihrer Hand
Durchs Erdeleben gehn!
Für keinen andern Wunsch wollt' ich
Dann um Erfüllung flehen.
Dir dankte laut mein Freudensang,
Dank tönte meiner Harfeklang,
O guter Gott der Liebe!

Hast jedem, der die Lieb' empfand,
Ein Weiblein auserkohren;
O sprich in dies gedrängte Herz
Sie sey für mich gebohren!
Ich will ihr treu auf ewig seyn,
Will mich mit ihr des Lebens freun,
Und o! von Herzen lieben.

Ich

Ich bin getroſt, und achte nicht
Des Lebens Noth und Plagen;
Die harte Laſt drückt nicht ſo ſehr',
Mein Engel hilft ſie tragen.
Ob mir die Welt ein Kerker ſcheint, — —
Sie wird, wenns 's Weiblein redlich meynt,
Zum Himmel umgeſchaffen.

Wenn ihr ein Kind am Buſen liegt,
Wie werd' ich dankend brennen!
Wenn ſie's, voll mütterlicher Luſt,
Mich lehret Vater nennen.
Schwind alles Erdenglück dahin,
Wenn ich mit ihr nur glücklich bin,
Genug, o Gott der Liebe!

An

An eine Freundin.

Im December. 1777.

Glücklich, wer wie du, im Schoße
Reiner stiller Freuden lebt,
Die — wie eine junge Rose
Die der Morgensonn' entgegen bebt —
Liebevoll und sanft dem Manne
Früh entgegen eilt,
Sorgen, Freuden, Wonne, Kummer,
Alles traulich mit ihm theilt,
Der des Erdelebens Mühen
Bey der Silbersaiten Klang,
Unter fröhlichem Gesang,
Wie die Nebel an der Sonn' entfliehen.
Heil mir, daß ich dich gefunden!
Daß ich ganz bey dir empfunden,
Wie die Freundschaft Himmelan
Ihre Kinder heben kan.
Ich — umhergeworfen
Wie ein Schif im Ocean,
Sehe mit gerührtem Herzen,
Deine stille Freuden an.

Freu' mich aber mit dir! — Mißgunst kennet
Nie die warme Brust,
Und bey meiner Freunde Freuden
Fühl' ich Engellust. —
Sonst empfand ich manche Stunden
Ganz der Liebe Seeligkeit,
Aber ach! sie sind geschwunden,
In den Schoß der Ewigkeit.
O! so oft lag ich am Herzen
Eines Freunds mit heiterm Sinn,
Doch ihn rieß ein Tag des Scheidens
Wieder von der Seite hin.
Immer hatt' ich wenig Stunden
Alles was ich kaum gefunden,
Alles hatt' ich wie ein Traum.
Freundin, ach! erflehe mir vom Himmel
Einen wünscheleeren Sinn!
Fleh, daß wenn ich durchs Gewimmel
Großer Welt nun außgeloffen bin,
Ich ein süsses Weiblin finde,
Dir geliebte Freundinn! gleich;
O dann will ich froh und reich,
Soll es seyn auch in der engsten Hütte,
Mich mit meinem Engel freun,
Täglich wird auf meine Tritte
Sie der Liebe Rosen streun.

Sieh,

Sieh, ich dürste nicht nach Ruhm und Ehre,
Seys der Fürsten Eigenthum!
Alles, was ich nur begehre,
Sey ein redlich Herz mein Ruhm;
Das mit Allen alles theilet,
Tröstend zu Betrübten eilet,
Und mit ganzer Innigkeit
Mit den Fröhlichen sich freut.
Einen Freund an meine Seite
Wollst mir auch erflehn,
Dann wird unter Wonn' und Freude
Meine Zeit, wie deine, schön vergehn.

Lied

Lied eines Landmannes. *)

Im Februar 1778.

An Claudius.

Arm und klein ist meine Hütte,
Aber Ruh und Einigkeit
Wohnt in ihr; auf jedem Tritte
Folget uns Zufriedenheit.
Laß die Liebe bey mir wohnen,
Die mir Blumenkränze flicht,
O Geschick! dann neid' um Kronen
Ich den größten Fürsten nicht.

Wenn mein Weibchen mir am Herzen
Heiter, wie ein Engel, liegt;
Und mit Singen und mit Scherzen
Sich in meinen Armen wiegt;
Dann die Silberquelle rauschet
Vor der kleinen Hütte Thür,
Uns der Mond allein belauschet,
Gott, ach Gott! wie dank' ichs dir!

Mit

*) Aus dem Singspiel: Ehrlichkeit und Liebe.

Mit dem erſten Sonnenſtrale
Weckt mit einem Kuß ſie mich,
Sizt mit mir beym Morgenmale,
Freut der lieben Sonne ſich.
Eilet dann mit heitern Sinnen
Von den Kindern froh umtanzt,
Und beginnt den Flachs zu ſpinnen,
Den ihr meine Hand gepflanzt.

O! wie iſt ſie friſch und fröhlich,
Wenn ſie Märchen vorerzält.
Gott, wie iſt der Menſch ſo ſelig,
Der ſich nicht um Reichthum quält!
Arm und klein iſt meine Hütte,
Doch ein Siz der Einigkeit,
Gott, erfülle du die Bitte:
Laß uns nur Genügſamkeit!

Romanze. *)

Im Februar 1778.

Einst liebte treu und brüderlich
Ein gutes junges Pärchen sich, —
    Schön wie das Morgenroth.
Sie schwuren sich Beständigkeit,
Und warme Treu und Zärtlichkeit,
    Und Liebe bis in Tod.

Und Wilhelm wanderte von Haus
Wohl in die weite Welt hinaus,
    Und sah manch schön Gesicht.
Doch seiner stillen Jugend Glück
Schwebt' immerfort vor seinem Blick,
    Und das vergaß er nicht.

Bald, denkt sie, geht die Zeit dahin,
Und dann, dann seh' ich wieder ihn,
    Den meine Seele liebt;
Dann fließt das Leben rein und hell
Uns hin, wie jener Silberquell,
    So sanft, so ungetrübt.

Vier

*) Ebenfalls aus Ehrlichkeit und Liebe.

Vier Wochen noch! dann wird er mein,
Ich werde sein auf ewig seyn,
    O Glück, dem keines gleicht!
Doch ach ein Fieber raubet ihr
Des Mundes Roth, der Wangen Zier,
    Sie zittert und erbleicht.

So neigt ein Veilchen sich im Thal
Versengt vom heissen Sonnenstral,
    Und hängt verdorrt herab, — —
Mit einem Kranz von Immergrün,
Und rings bestecft mit Rosmarin,
    Senkt man sie nun ins Grab.

Ihr trauter Wilhelm kommt zurück,
Und sucht mit Liebe truncknem Blick
    Sein Mädchen ringsumher,
Mit liebevollem Ungestümm, — —
Doch hundert Zungen sagen ihm:
    Dein Lottchen ist nicht mehr.

Er wankt an ihre frische Gruft,
Und ächzet traurig durch die Luft:
    Nimm Vater mich zu dir!
Ihm rollt ein Thränenguß herab,
Er sinkt auf seines Mädchens Grab,
    Ruht nun verscharrt bey ihr.

O scheine du aufs stille Grab
Wehmütig, lieber Mond! herab,
   Bewein des Pärchens Fall!
Und wenn die Sonn' am Abend flieht;
So wirble du dein Trauerlied,
   Geliebte Nachtigall!

An Herrn Meyer.
Als Geistlichen im Trauerspiel Marianne.
Im November 1778.

Die Welt liebt Braus und Schellenklang! —
Verachtet und verkannt, von wenigen verstanden,
Bleibt oft der würdigste sehr lang
Im Winkel einsam stehn;
Und immer wirst du wenige nur sehn,
Die seinen ganzen Werth empfanden. —
Laß dichs nicht kränken Freund! wenn diese Welt,
Der heute dies, und morgen das gefällt,
Dem Afterkünstler Lorberkränze windet,
Sein Spiel erhaben, schön, ja göttlich findet;
In Zeitungen ein schreyend Denkmal sezt,
Und sein Gesicht zur Schau in Kupfer äzt.
Kanst du wie heut, der Kenner Lob erringen,
Siehst du, wie heut, von wen'ger Edeln Aug
Des Beyfalls heisse Zähre bringen;
O! das ist mehr, als wenn der Haufe tobt,
Mehr, als wenn Allmanach und Zeitung dich gelobt.
Geh mutig deine Bahn, und ohne dich zu kümmern
Schau unverwandt zum nahen Ziel!
Und denk, daß Eckhof*) einst der Geistliche gefiel,
Wenn andre groß den Gallerieen schimmern.

(*) Eckhof, der selten lobte, pflegte zu sagen: „Mit dem
    Geistlichen in der Marianne darf Meyer reisen."

An

An Klärchen im Kloster.

Im Decemb. 1778.

Denk' ich einsam jetzt der Stunden,
Die in erster Jugend Zeit
Mir mit dir sind hingeschwunden,
So voll Lieb und Seeligkeit ;
Ach dann wein' ich ! — Doch vergebens
Trübet sich mein matter Blick,
Freuden jenes Engellebens
Bringt kein heisser Wunsch zurück.

Dein Herz schlug an meinem Herzen,
Meine Lust war deine Lust.
Keinen Kummer, keine Schmerzen
Kannte die gedrängte Brust.
Aber unsre Träume logen, —
Sie versprachen Glück und Ruh ; —
Unsre Hofnungen verflogen,
Einsam seufzen ich und du.

Ach, daß dieser Erde Freuden
Schnell ein Ungemach verdrängt !
Daß sich Qual, und Gram und Leiden
In die beste Wonne mengt !

B

Daß

Daß sich Herzen trennen müssen,
Die die Liebe fest verband,
Bey Gedanken Thränen fliessen
Wo man ehmals Wonne fand.

Zwischen enge Klostermauren
Schloß dich Wahn und Bosheit ein:
O so must du ewig trauren,
Wachen, beten, einsam seyn.
Liebe, die dich sonst beglückte,
Mich zu lieben dir befahl,
Die dein warmes Herz entzückte,
Macht nun deines Lebens Qual.

Aber freu' in deiner Zelle
Dennoch, theures Mädchen! dich;
Diese Welt ist eine Hölle,
Freu' dich, — und beklage mich!
Trug und Frevel überlistet
Ach! so oft den Biedermann,
Und der Bosheit Hand verwüstet,
Wo sie nur verwüsten kann.

Wohl dir, daß du ihr entgangen, —
Eines bessern Schicksals werth!
Daß dein Herz jezt nur Verlangen
Nach erhabnen Dingen nährt.

Manches wirst du nicht erfahren,
An der Kette die dich drückt;
Und nach wenig trüben Jahren
Wirst du mehr als wir beglückt.

O du weihest dich dem Himmel,
Gute fromme Dulderinn!
Und ich renne durchs Getümmel
Dieser Welt mit trunknem Sinn.
Möcht' dein Bild mir oft erscheinen,
Schliechs in meine Seele sich! —
Klärchen, ich will um dich weinen,
Liebe, bete du für mich!

An eine Freundin.

In ein Exemplar vom ersten Theil des Schildheim geschrieben.

Im März 1779.

Die du des Lebens Freuden,
Und auch so manche Last,
So manches bitters Leiden
Mit Muth getragen hast:
O wirf jezt frohe Blicke
Wenn eine Thräne fließt,
Auf jenen Weg zurücke,
Den du gewandert bist.
Das Schicksal spielt mit allen,
Hemmt oft der Freude Lauf,
Den läßt es feindlich fallen,
Und jenen hebt es auf.
Vollendung ist am Ziele,
Und Ruh im bessern Land;
Wo schmerzliche Gefühle
Die freye Brust verbannt.

Nimm, was in süssen Stunden
Die Muse mich gelehrt;
Halt, was mein Herz empfunden,
Der stillen Thräne werth.
Weh mir, daß bald uns trübe
Der Trennungstag erscheint! —
Doch, Beste! denk in Liebe
Auch fern an deinen Freund.

Lie

Liebesmacht.

Nach einer Elegie des Johannes Secundus.

Im März 1779.

Wer der Ketten eines Mädchens spottet,
    Kennt die Macht der Liebe nicht!
Ha! der hat kein Feuer in dem Busen,
    Keine Glut im Angesicht.

Den schuf die Natur von Stahl und Eisen,
    Der der Schönheit widersteht,
Nicht im Taumel seeligen Entzückens
    Sie um Gegenliebe fleht.

O! der fühlte nie die starken Züge,
    Womit meinen matten Geist
An der Liebe festgewebten Banden
    Meine Stella nach sich reißt.

Ha wie brenn' ich! stärker als im heissen
    Schlunde Aetna's wilde Glut;
Siedend rollt durch alle meine Adern
    Warmes, nimmerruhigs Blut.

Was

Was sie will, das sind für mich Gesetze,
  Herz, und Sinnen und Verstand,
Meistert sie mit ihrem goldnen Zepter
  In der blendend weissen Hand.

Hütten wandelt sie in Goldpalläste,
  Wildnisse zum Lustrevier;
Wenn der Nord im Winter Eichen schüttelt,
  Lacht der schönste Sommer mir.

In den grauenvollsten Mitternächten
  Scheint mir sonnenhell die Welt;
Schöner als Elysiums Gefilde
  Macht sie dieses nackte Feld.

Süsser als das süsseste der Erde,
  Was die leckere Begier
Eines Kaisers oder Königs kützelt,
  Ist ein einz'ger Kuß von ihr.

Müßt' ich unter ihrem Kusse sterben,
  O so wüßt' ich ganz gewiß,
Nectar und Ambrosia beym Göttermahle
  Schmeckten drüben nicht so süß.

An

An Madam Brandes.

Im August 1779.

Als sie zu Gotha die Minna von Barnhelm und
Ariadne als Gastrollen gespielt hatte.

Die Nachtigall sang einst empfindungsvolle Lieder
Und alle Vögel schwiegen still;
Die Wälder ringsum hallten wieder
Den göttlichen Gesang, und alles war Gefühl.
Da kamen etlich junge Herr'n
Von naher Stadt, und schon von fern
Erschallt das Klatschen ihrer zarten Hände.
„Ha, bravo! Allerliebst! Vortreflich! Ohne
gleichen! „
So rufen, eh sie noch der Säng'rinn Siz er-
reichen,
Die Herrchen, ohne Ziel und Ende.
Amynt hört auch das Lob der Nachtigall,
Sieht golden dort die Abendsonne prangen,
Er legt sich schweigend hin am Wasserfall
Und eine Thräne fällt von seinen heissen Wangen.
Von jener Klatschen wird der ganze Hain er-
füllt; — —
Doch, Freundinn! sprich: Wer hat das meiste
Wohl gefühlt?
S.

So ſah ich dich, verloren im Gedränge
So vieler, voll von deinem Lob.
So hört' ich deiner Minna ſchmelzende Geſänge,
Sah, wie bewundernd jeder ſie erhob.
Und ich vermochte nicht das herzliche Gefühl,
Das ihr Geſang, dein unnachahmlich Spiel
Erweckte, vor Euch auszuſtrömen.
Schon zürnt' ich mit mir ſelbſt : — da kam beym
Mondenſchein
Mein Genius, und gab mir dieſe Fabel ein.

An die Tonkunst.

Im August 1779.

Voll Empfindung grüß' ich dich,
Komm vom Sonnenthrone,
Holde Göttin! die auch mich
Kohr zu ihrem Sohne.
Ach, du warst die Schöpferin
Meiner besten Freuden,
Schenktest öfters meinem Sinn
Götter Seeligkeiten.

Daß bey meiner Brüder Schmerz
Meine Thräne fließet,
Daß mein Herz in Freundes Herz
Gerne sich ergießet,
Daß ich es um Gold und Kron
Nicht vertauschen wollte; —
Wem gebühret Dank und Lohn,
Wem, als dir, du Holde!

Saheſt du nicht mein Geſicht
Oft vor Wonne glühen?
Hört ich mit Entzücken nicht
Bend'as Harmonieen?
Hat nicht Minna * mich erfreut
Mit der ſüſſen Kehle;
Sang ſie Ruh und Heiterkeit
Nicht in meine Seele?

Wenn mein ungeſtümmes Herz
Schneller oft ſich hebet,
Und ein unnenbarer Schmerz
Durch die Seele bebet;
O dann rühreſt du ſo ſüß
Des Klavieres Saiten,
Zauberſt mir ein Paradies
Nie gefühlter Freuden.

Göttin, wer dich nicht verehrt,
Wem du's Herz nicht weiterſt,
Iſt des Lebens nimmer werth.
Das du ſo erheiterſt.

Ei-

* Minna Brandes, die ich damals zum erſtenmal
in ihrer Stärke am herzoglichen Gothaiſchen Hofe
hörte.

Eisern ist des Mannes Brust,
Nichts kann sie erheben,
Er mißkennet jede Lust,
Und verträumt sein Leben.

Neige dich zu mir herab,
Höre mich, o höre!
Gieb mir, daß ich bis ins Grab
Göttin dich verehre.
Wenn in meiner Tage Lauf
Sorgen mich umziehen;
O so heitre du dann auf
Mich mit Melodieen.

Bilde mir in deinem Hain
Auch mein künftig Weibchen;
Mach die Seel' ihr hell und rein,
Mach sie sanft wie Täubchen.
Gieb, daß sie der Saiten Klang
Mit Entzücken höre,
Und im frohen Wechselsang
Dich mit mir verehre.

Wirst du, durch mein Flehn erweicht,
Göttin um mich schweben,
O so geh ich froh' und leicht
Durch dies Erdeleben;
Heitre mich durchs Weibchens Sang,
Stille bange Thränen,
Selbst des Todes dumpfer Gang
Wird mir lieblich tönen.

An Minna Brandes.

Als Lucinde im Orakel. 1779. im September.

Schlängst du um mich mit deiner Lilienhand
Das sanftgeflammte Rosenband,
So wollt' ich nimmer mich von dir entfernen.
Wie wollt' ich mich als dein Gefangner freun,
Wie artig, wie gelehrig seyn,
Und „ liebe Minna „ sprechen lernen.
Ja, ganze Tage sagt' ich dir
Das: „ liebe, liebe, Minna! „ für.
Ich wollte nur nach deinen Augen sehen,
Um nach dem kleinsten Wunsch zu spähen,
Im Frühling strich ich mit dir durch die Flur,
Und freute dreyfach mich der lachenden Natur.
Und müßtest du des Sommers Hitze fülen,
So wollt' ich dich mit frischen Sträuchen külen.
Ein Lager macht' ich dir, von Moos und Thymian,
Ein stilles Läubchen, dicht von grünem Majoran.
Brächt' uns der Herbst gereifte Trauben,
Wie gierig wollt' ich sie den Stöcken rauben!
Und jedes Beerchen, voll und rund,
Gäb' ich dir selber in den Mund.
Im Winter hört' in sorgenfreyer Ruh
Ich dir an dem Klaviere zu.

Gäh

Säh unter deiner Hand die goldnen Saiten leben,
Hört' über ihrem frohen Klang
Auch Minna's sanfte Stimme schweben.
Dann würde mir ums Herzchen eng und bang.
Zuweilen würd' ich bey mir selber seufzen:
O grausamer Orakelschluß !
Daß ich sie hör' und seh, und dennoch schweigen muß!
Doch würd' ich bald den herben Schluß verspotten.
Ich siegte über den Verdruß,
Und labte mich durch manchen süssen Kuß. —
Denn dieß hat das Orakel nicht verboten.

Am Fronleichnamsfest.

Im Junius 1780.

Mit der Freude frommem Sehnen
Sah ich sie am Altar knien,
Und der Andacht heiße Thränen
Ihrem blauen Aug' entfliehn:
Sah an der geweihten Stätte
Zittern ihre Marmor Hand,
Sah, wie sie im Feurgebete,
Schon des Himmels Wonn' empfand.

Dieses Wahn und Irrthum nennen? —
Nein, bey Gott! das kan ich nicht!
Sah ich doch voll Andacht brennen
Klärchens holdes Angesicht.
Dient denn der, o Gott! dir treuer,
Der der Duldsamkeit vergißt,
Und von einer frommen Feyer
Spötter und Verächter ist? —

Jede deiner schönen Thränen,
Die auf Blumen niederrann,
Deines Busens heisses Sehnen
Sah dein Gott vom Himmel an.

Einst, an der Vergeltung Tage,
Klärchen, kommt der Lohn dafür;
Wiegt er selbst auf seiner Wage
Seligkeit und Wonne dir.

Leb' indessen deine Tage
Stets in unbescholtnem Sinn.
Ohne Kummer, ohne Klage
Walle durch dies Leben hin!
O so wirst du ohne Zagen
Dann den Tod als Engel sehn;
Und der Schluß von deinen Tagen
Ist, so wie der Anfang, schön.

Drüben, wo kein Glaube trennet,
Der hienieden Menschen trennt,
Wo man den nur edel nennet,
Der in Einfalt Gott erkennt:
Dort, du Heilige! du Fromme!
Du Entzückte! siehst du mich;
Drüben, wo ich zu dir komme,
Klärchen, ach! umarm' ich dich!

Frizens Lieb auf den Tänzeltag. *)

Im Julius 1780.

Schon tönt der lauten Trommel Schall,
  Der Pfeiffen Melodie!
O komt, ihr Kinder allzumal,
  Hört ihr? uns rufen sie.

Wie klopft das kleine Herz in mir,
  Wenn ich die Fahne seh;
Und als ein braver Grenadier
  Mit in dem Zuge geh.

Mein Vater, ha! der gute Mann,
  Wie hab' ich ihn so lieb! —
Schnallt selber mir den Degen an,
  Der lang im Kasten blieb.

Hu=

---

*) Der Tänzeltag ist hier, in Kaufbeüren, ein Kin=
derfest, das allzeit die Woche nach Jacobi gefeyert
wird. Die Knaben sind militarisch gekleidet, und
halten mit Trommel und Fahnen einen Zug in der
Stadt, zwey Tage. Nach geendigtem Zug versam=
melt sich Jung und Alt in einem nah gelegenen
Wäldchen, wo Hütten aufgeschlagen sind, und über=
läßt sich unschuldiger Frölichkeit.

Husar und Jäger stehen schon
In guter Ordnung da,
Gehorsam auf der Trommel Ruf,
Gehorsam stehn sie da.

So ziehet, wenn ein Krieg erwacht,
Der tapfere Soldat
Hinaus zur donnerreichen Schlacht,
Und läßt die Vaterstadt.

Die Trommel tönnt, — er geht — wie hart
Für Mutter, Weib und Kind! —
Indeß in seinen Knebelbart
Die letzte Thräne rinnt.

Den blanken Säbel in der Hand
Geht er, mit frischem Muth,
Und wagt fürs freye Vaterland
Den letzten Tropfen Blut.

Ha! käm' ein Feind vom deutschen Reich
Mir Knaben heute vor;
Bey Gott! ich hüb den Degen gleich
In meiner Hand empor.

O wenn ich nur erst grösser wär,
 So stritt' ich unverwandt
In Josephs oder Friedrichs Heer,
Wenns gält fürs Vaterland.

Und tanzt' im Siegesreihn, wie heut,
 Entzückt im Herzen ganz,
Mit hoher stolzer Fröhlichkeit
 Den besten deutschen Tanz.

Auf=

Aufmunterung zum Genuß des Lebens.

Im August 1780.

Mit pfeilengleicher Flüchtigkeit
Enteilt des Menschen kurze Zeit,
Ach nicht mehr wiederbringlich!
Und wir — wir Thoren! lassen sie
Oft ungenuzt verfließen,
Und wagens selten oder nie
Des Lebens zu genießen.

Glückseel'ge Jahre, wo kein Joch
Des Zwanges drücket, wo wir noch
So leicht, so sorglos leben;
Wo wir so heiter sind zum Scherz,
Mit Puppen frölich spielen,
Und wenig Unmut, wenig Schmerz,
Und keine Reue fühlen.

Wie bald, wie schnell seyd ihr dahin,
Und raubt uns mit dem Kindersinn
Genügsamkeit und Friede!

Wie

Wie leicht zerstört sich jede Lust!
Wir haschen nach Schimären,
Und Wünsche schwell'n des Jünglings Brust,
Die seinen Unmuth mehren.

Er sehnt sich aus des Vaters Haus
In jene grosse Welt hinaus,
Das Hirn voll schöner Bilder:
Und kehrt er wieder einst zurück,
O nun! — was ist gewonnen? —
„ Ach, — klagt er, — wie ein Augenblick
„ Ist diese Zeit zerronnen! „

„ Man schwärmt, wie Vögel aus dem Nest,
So frey herum, bleibt nirgens fest,
Füllt sich den Kopf mit Frazen.
Man dünckt sich wunderweise dann,
Kan weder ruhn noch rasten;
Man kämpft mit Grillen oder Wahn,
Und ach! das Herz muß fasten. „

Bey seinen Phantasie'n vergißt
Der Mann, was gegenwärtig ist,
Und schaft sich Ideale.
Als Greis, gestützt vom Knotenstab,
Wenn bald die Zeit verflossen,
Dann seufzt er, nah am offnen Grab:
„ Hätt' ich die Welt genossen! „

Thor.

Thor, der du bist! was hatte dich
Daran gehindert, was? — o sprich:
Wer hieß dich einsam leben?
Nun blickest du, voll Traurigkeit,
Zum dumpfen Grabe nieder,
Und fühlest: „ die verlorne Zeit
Bringt keine Reue wieder. „ —

Kam nie ein Freund, mit Trost und Rath,
Auf deines Lebens oedem Pfad
Dir, Trauriger! entgegen?
Hat nie ein Mädchen dir gelacht,
Und nie dein Herz erweitert,
Der Frühling keine Freude bracht,
Und deine Seel' erheitert?

Hat in dem Lenz die reine Luft,
Der Tulpe Zier, der Rose Duft,
Nie dich mit Wonn' erfüllet?
Hat nie am stillen Wasserfall
Der Mond dich angeblicket?
Nie der Gesang der Nachtigall
O Kranker! dich erquicket?

Sahst Kinder nie auf deinem Schooß?
Und wenn sie um dich spielten, floß
Dein Vaterherz nie über? —

C 4

Hat

Hat Geigenthon und Flügel-Klang,
In diesem Erdeleben —
Hat einer Mara Engelsfang
Nie Freude dir gegeben?

Sang Heiterkeit und frohen Scherz
Kein Uz, kein Gleim ins kalte Herz?
Flohst du die Reihentänze?
Erhoben dich nie Punsch und Wein
Zu freudigem Gefülle?
Und flößten nie Entzücken ein
Dir eines Eckhofs Spiele?

Sieh rings um dich, sieh hin und her,
Die Welt ist nicht an Freuden leer,
Wir dürfen nur geniessen.—
O Gott! du schufst des Guten viel,
Du schenkst mit Vatertreue;
Drum gieb, daß ich bis an mein Ziel
Mich meines Lebens freue.

Die

Die Freundschaft.

Im August 1780.

Der du im Lenze deines Lebens
Noch einsam deine Pfade gehst,
Und oft, im heissen Drang, vergebens
Nach Trost und Lindrungsbalsam flehst;
Du, der im Schaur der Mitternächte
Die allerbängste Thräne weint;
O höre mich! — Reich deine Rechte
Gekränkter Jüngling, einem Freund!

Wohl dem, der deinen Reiz empfunden,
O Freundschaft! süsse Zauberinn!
Dem tanzen seines Lebens Stunden
Wie leichte Frühlings Winde hin.
Du bist die schönste beste Gabe
Von einem gütigen Geschick,
Und bist dereinst, noch überm Grabe
Bey Seeligen das grösste Glück.

Du

Du bist es, die der Menschheit Freuden
Durch holden Beystand mehr versüßt;
Du bists, die in den Kelch der Leiden
Uns einen Tropfen Stärkung gießt.
Du stehest bey dem Kinderspiele,
Den frohen Knaben leitest du,
Ein Herz, voll ähnlicher Gefülle,
Führt deine Hand dem Jüngling zu.

Durch dich sieht der Betrübte Schmerzen
Wie Nebel an der Sonne fliehn;
Durch dich muß im gedrängten Herzen
Der sanften Liebe Feuer glühn.
Durch dich ist diese Welt uns heiter,
Lacht jedes kleine Blümchen schön;
Und neugestärket können weiter
Wir durch dies Pilgerleben gehn.

Wenn Wolken unsern Geist umziehen,
In dem Gedränge dieser Welt,
Wenn alle Hofnungen entfliehen: —
Du bist es, die uns aufrecht hält.
Du warnst, wenn wir auf rechten Wegen
Verirr'n mit liebevollem Blick;
Eilst' süsse schmeichlend, uns entgegen,
Bringst an der Hand uns froh zurück.

Wer

Wer möchte wohl von hinnen scheiden,
Wer stünde gern ans Grabes Rand,
Der deine tausend süsse Freuden
In ganzer Fülle hier empfand;
Wenn du nicht wärest, die dem Kranken
Mit Trost und Mitleid stünde bey;
Und stärktest ihn mit dem Gedanken
Daß drüben auch noch Freundschaft sey.

O habe Dank für dein Geleite,
Du liebe, gute Trösterinn!
Die bey der Leidenschaften Streite
Beruhigt den empörten Sinn;
Die, war ich im Begrif zu sinken,
Mir war mit starkem Arme nah,
Die ich mir wieder freundlich winken,
Und Herzerfreuend lächeln sah.

Wie hast du meiner Jugend Tage
So süß gemacht, in fernem Land!
Wie manche schwermutsvolle Klage
Aus meinem Busen weggebannt!
Und hat mein Aug' gleich heisse Thränen
Sehr oft bey Trennungen geweint,
Doch stilltest du mein bänglich Sehnen,
Und gabst mir einen neuen Freund!

D

O leite mich auf meinen Wegen!
Auch fürder, Göttinn! gehe mit;
Und sieh mit Minen voller Seegen
Auf deines Lieblings Reisetritt.
So soll mein Dank dir oft erschallen,
Und weil er aus dem Herzen drang
So wird dem Enkel noch gefallen
Das Lied, das ich der Freundschaft sang.

Lobgesang der Liebe.

Für Herrn Walch zu seiner Hochzeit.

Im November 1780.

„ Wäre die Liebe nicht in der Natur, wo
nähmen die Sterblichen ihre Freuden her? "
Wezel.

Alle Freuden, die für dieses Leben
Zum Genuß ein guter Gott geweiht,
Können nicht das Herz so sehr erheben
Als der Liebe Süßigkeit.
Haben nicht von je her alle Zungen
Sie zu preisen heiß geglüht?
Haben Dichter nicht gesungen
Ihr manch feuervolles Lied?

Ja, sie ist der Quell der besten Freuden; —
Seelig, wer da schöpfen kann!
Wie ertrügen wir so manches Leiden,
Säh nicht sie uns lächelnd an?
Jede Last erleichtert sie hienieden,
Sie verscheuchet jede Pein;
Und sie zieht mit Trost und Frieden
In betrübte Herzen ein,

Gern

Gern besuchet sie die niedern Dächer,
Fliehet von Pallästen weit,
Mischet in des Schicksals Wermuth-Becher
Leben, Freud' und Seeligkeit;
Unterhält verbundner Herzen Flammen,
Und Gemüther Harmonie,
Seelen, die sie knüpft zusammen,
Tragen leichter Lebens Müh.

Menschlicher macht sie den wilden Krieger,
Und von ihrem Arm umfaßt
Träget froher jener arme Pflüger
Eines Sommertages Last.
Süsse schmecket ihm im Abendschatten
Brod, das die Geliebte reicht,
Und er schläft auf kühlen Matten
Sorgenfrey mit ihr, und leicht.

Vögel lehrt sie süsse Melodien,
Grillen zirpen ihr im Hain;
Jedes Thierchen macht die Liebe glühen,
Jedem flößt sie Wollust ein.
Baum, und Moos, und Stauden in den Wäldern
Finden Gatten, lieben sich;
Blum' und Pflanzen in den Feldern
Lieben und begatten sich.

Den

Den schuf die Natur in ihrem Grimme,
Der die Göttinn nicht verehrt,
Der nicht freudig auf die holde Stimme
Ihrer süßen Tochter hört;
Nicht dem Zug vom leichten Rosenbändchen
Gerne folgt, — nicht heiter wird,
Wenn sie ihn am weichen Händchen
Auf der Lebenreise führt.

Dessen Herz, fürwahr! fühlt keine Wonne,
Ihn erfreut nicht die Natur,
Nicht der goldne Glanz der Morgensonne,
Nicht das Veilchen auf der Flur.
Für der Tonkunst tausend süße Freuden
Bleibt ein solcher träg' und kalt,
Ihn ergözet nicht der Saiten
Nicht des Sanges Allgewalt.

O wer kan genug mit allen Bildern
Liebe, deinen Reiz erhöhn?
Wer vermag die Freuden all zu schildern,
Die dir stets zur Seite gehn?
Wer versteht das ungestümme Feuer,
Das den Liebenden durchglüht? —
Warlich keiner! — keine Leyer,
Singt es ganz im raschen Lied.

Aber du, o Paar! das am Altare
Ihr gehuldigt, sey geweiht
Ganz zu fühlen, lange lange Jahre,
Ihrer Gaben Süßigkeit.
Schlürfet aus dem Quell der holden Liebe
Neue Wonne täglich ein;
Niemals niemals fließ' er trübe,
Immer lauter, hell und rein.

O so wird bey immer regen Freuden
Deine Zeit, o Paar! verfliehn.
Still und ruhig, wie dort unter Weiden
Silberbäche murmelnd ziehn.
Jeder Tag, und jede einzle Stunde
Bringe Freuden wie im Paradieß;
Und der lezte Kuß von eurem Munde
Sey, so wie der erste, süß.

Epistel

Epiſtel an eine Braut.

Im Decemb. 1778.

Du, die ſo manches liebes Jahr
Der gröſte Wunſch von meinem Herzen war,
Um die ſo oft ich flammende Gebete
In tiefer Mitternacht, auf öder Lagerſtätte,
Zum Himmel brünſtig aufgeſandt;
Mein Klärchen, ach! du gehſt, und reicheſt deine
    Hand
Nicht mir, der ſo für dich geglühet,
Gehſt von uns fort, in fernes Land,
Und manches Auge thränt, das dich nun nimmer
    ſiehet.

Wie wohl mirs war, wenn dich mein Arm umfieng,
Wenn bebend oft mein Mund an deinem hieng,
Wenn ich den Druck der weichen Hand
Im innerſten der Seel empfand;
Wenn Klärchen mir ein Herz voll Lieb' und Güte,
Ein heiters Wolkenfrey's Gemüthe

Erſtes Bändch.   D   Gezei-

Gezeiget, wenn der Mund nur wie sie dachte,
Und niemals anders sprach;
Wenn mit den Fröhlichen sie lachte,
Und bey den Traurigen ihr Herz voll Mitleid brach:
O! das weis der, der mich so warm erschuf,
Der das Naturgesetz in meine Seele prägte:
„ Die Liebe sey der Sterblichen Beruf,
„ Der sey kein Mensch, der gar nichts lieben
            möchte. " —

Und dennoch standhaft siehst du mich,
O Mädchen mit der schönen Seele!
Ein Seufzer nur begleite dich,
Und Gott, dem ich dich ganz empfehle. —

Gut, daß mich die Empfindsamkeit
Der hochgepriesnen neuen Zeit
Nicht angesteckt; — da dürft' ich nicht so still
Mich in mich selbst verschließen,
Da müßten, — ach! — der Thränen viel
Von meinen Wangen niederfließen.
Da müßt' ich Nachts vor deinem Fenster klagen,
Dem stillen Mond von meinem Leiden sagen;
Beyher — nach neuer Helden Recht, —
Auf's ganze menschliche Geschlecht
Wild, wie in Hamburg die Matrosen, schimpfen,
Die unfühlbaren Pöbel = Seelen —

                                    Die

Die Herzens=Drang und Sympathie,
Und Wonneglut, und Energie,
Und wie die schönen Siebensachen
Noch weiter helffen, zum Gelächter machen,
Die niemals füllten diese bittre Pein, —
Müßt' ich mit deutscher Kraft verschrey'n.
An dir noch einmal meinen Blick zu weiden,
Könnt' ich in einen Bettler mich verkleiden,
Von dir gesehn alsdann geborgen seyn.
Ha! wären wir Genie's nach heur'ger Mod',
So müßt' ich, da du mir entrissen,
Zum wenigsten mich jezt erschiessen,
Zu enden meine Seelen=Noth.
Du, die du mich geliebt, mein Klärchen! ach,
        wie würde

Dein Herz es füllen, — o wie bang!
Und ach! aus innerm Herzens=Drang
Würfst denn auch du sie ab, des schalen
        Lebens Bürde.

Doch süßes Mädchen! laß uns nur
Was nicht zu ändern, ruhig tragen.
O laß uns mit Gelassenheit,
Mit inniger Ergebenheit
In Gottes Fügungen, das Ziel von unsern Tagen,

Das

Das eine weise Hand uns vorgesteckt, erwarten;
Und murre nicht, daß wir vergebens harrten,
Auf ewige Vereinigung.
So wollt' es der, der schon von Ewigkeit
In seiner Wag' uns Liebs und Leids gewogen.
Erhalte deines Herzens Heiterkeit
Auch jezt, da unsre Hoffnungen betrogen.
Laß uns den Modemann fühllos und kalt
   verschrey'n,
Wir warn's nie, und werden's nimmer seyn.
O! meine wärmsten Wünsche fliegen
Zum Thron des Ewigen, für dich, mein süßes
   Kind!
Geh neuem, dauerndem Vergnügen
Entgegen, gutes liebes Kind!
Mein ganzes Herz dankt dir die Wonne-Stunden,
In denen ich des Lebens schönstes Glück
In deinem Arm, an deiner Brust empfunden;
Und ewig denkts an dich zurück.
Und wirst so glücklich du, als du verdienest, seyn;
O dann, mein Klärchen! denk' auch in der
   Ferne mein!

An Lischen B**

Im December 1780.

Ach, wie wohl, wie wohl ist dir,
　　Kleine, holde, liebe!
Weder Leiden noch Begier
　　Macht dein Daseyn trübe.

Gram und Sorgen kennst du nicht,
　　Heitre Freude blühet
Ueberall, wo dein Gesicht
　　Nah und fern hinsiehet.

Fröhlich lacht dir die Natur,
　　In dem bunten Kleide,
Jedes Blümchen auf der Flur
　　Blühet dir zur Freude.

Weißt noch nicht, du liebes Kind!
　　Wie sich Menschen quälen;
Weißt nicht, wie sie böse sind,
　　Und sich Freuden stehlen.

D 3　　　　　　　　　　Was

Was dein kleines Herzchen denkt,
    Darfst du frey gestehen,
Und kein Mensch ist, der dich kränkt
    Durch boshaft Verdrehen.

Kleiner Engel, freue dich!
    Scherz, und hüpf, und springe,
Wie du denkst und fühlst, so sprich,
    Und sey guter Dinge!

Kleiner Engel! wachs heran,
    An der Mutter Seite!
Sey, wie jezund, auch alsdann,
    Guter Menschen Freude.

Tugend, Unschuld, Heiterkeit,
    Leiten dich durchs Leben,
O! sie können Seeligkeit
    Edeln Herzen geben.

Mög' die ganze Lebenszeit
    Deiner Kindheit gleichen,
Jeder Tag in Fröhlichkeit
    Lißchen, dir verstreichen!

An Herrn Gleim.

Im December. 1780.

Ach! Gottes Seegen über dir,
    Du guter alter Mann!
Du griefst mit deinem Liede *) mir
    Das Herz im Busen an.

Ich las, — und las es noch einmal,
    Und konnt's satt werden nicht.
Da liefen Thränen ohne Zahl
    Warm über mein Gesicht.

Gottlob, daß ich kein Bischof bin,
    Kein Pabst, kein Probst, kein Abt!
Sonst hätte meinen Wiedersinn
    Dein Liedchen nicht gelabt.

Gottlob, ich lieb' die grade Straß',
    Und bete nicht zum Schein.
Den Weisen und den Narren laß',
    Ich ihre Grübeley'n.

D 4   Daß

*) Schwer und leicht, im Vossischen Musenallmanach
    für 1781.

Daß Fuß aus diesem Jammerthal
　Gieng durch der Henker Hand,
Daß Calas unter Pein und Qual
　Des Lebens Ende fand;

Dagegen Pfaffen sich im Glanz
　Von Gold und Purper blähn,
Das kan ich armer Junge ganz
　Nun freylich nicht verstehn.

Doch drüben, wo nicht gilt der Schein,
　O Gleim! an deiner Hand,
Seh' ich gewis einst klärlich ein,
　Was hier ich nicht verstand.

So will ich bleiben, was ich bin,
　Bis einst ich wandre heim:
Indessen laben meinen Sinn
　Durch manches Lied von Gleim.

Ode auf Luther.

Im Jenner 1781.

Dignum laude virum Musa vetat mori.

HORAT.

Brich aus! brich aus, du lang gehemmtes Feuer,
 Ström' unaufhaltsam hin!
Ertöne laut, du frühbegriffne Leyer,
 Ich fühl' es mir im Herzen glühn.
Erhebe mich auf deinen lichten Schwingen,
 Begeistrung, Himmelan!
Ich halt's nicht mehr, und will und muß ihn singen,
 Den großen, kühnen, deutschen Mann,

Vernimm das Lied in deinen weiten Kraisen,
 Mein freyes Vaterland!
Ich singe dir den Helden und den Weisen,
 Der deiner Ketten dich entband.
Denn deine Fürsten waren Knechte
 Vom Stul zu Rom, und ach!
Der Patriote seufzt' umsonst dem Rechte
 Der Freyheit und der Menschheit nach.

Rell

Religion, wie tief warſt du geſunken
　　Herab zu Menſchentand!
Von Raſerey und Fanatismus trunken
　　Rief, mit dem Mordſtal in der Hand,
Der Pfaffen Schwarm; „ Ihr Brüder, auf!
　　　　　zerſtöret,
　　„ Was uns nicht angehört!
„ Tod dem, der uns nicht blind verehret,
　　„ Verderben dem, der anders lehrt. “

Und alles Volk, von Dummheit eingewieget,
　　Schwieg furchtſam ſtill und wiech.
Ja ſelbſt der Mächtige der Erde ſchmieget
　　In ihre Feſſel ruhig ſich.
Was großes Rom und Griechenland erfunden,
　　Das lag im Schlamm verſteckt;
Des Denkens Freyheit war dahin geſchwunden,
　　Die Muſen waren weggeſchreckt.

Du, Deutſchland! ſahſt entflammte Scheiterhaufen,
　　Und Stricke, Rad und Schwerd.
Des Himmels Gnade ſey um Geld zu kaufen,
　　Das warbſt du laut und frech gelehrt.
Du ſahſt Provinzen leer und öde ſtehen,
　　Dich deine Fürſten fliehn;
Sahſt hoch empor die Kreuzes = Fahne wehen,
　　Und Tauſende dem Tod entgegen ziehn.

　　　　　　　　　　　　　　　Mit

Mit Beben hörtest du die Donnerstimme,
  Und wardst gestärkt im Wahn,
Wenn jener Mann im feuervollen Grimme
  Den Bannstrahl aus dem Vatikan
Hervorgeschleudert, — Edle niederdrückte
  Mit seinem Hirtenstab,
Und um sich her in stolzer Hoheit blickte,
  Die ihm ein Kaiser-Mörder gab. *)

Da kam der Mann, mit Muth von Gott gestälet,
  Und warf den Götzen um.
Er kam, von deutschem Biedersinn beseelet,
  Mit Trost und Evangelium.
Wie Feuerströme floß von seinem Munde
  Der Wahrheit Kraft und Wort;
Und mancher Edle trat zum hohen Bunde,
  Trieb mit ihm Wahn und Dummheit fort.

Ihn schreckten nicht die hohen Erdengötter,
  Wer war voll Muths, wie Er?
So, wie die Eich' im grausen Donnerwetter,
  Wenn wilde Stürme rings umher

                                Die

*) Phokas, der — wie bekannt — dem römischen
   Bischof den Vorzug vor dem zu Constantinopel
   einräumte.

Die schwächern Bäume hin zur Erde beugen,
    Stark, unerschüttert steht,
Stund Er; — so hat die Warheit ihren Zeugen
    Vor allem Volk erhöht.

Dich, heil'ge Freyheit! bracht' uns Luther wieder,
    Du kamst im Stralenkleid
Von jenen wonnevollen Höhen nieder,
    Mit süßer, holder Freundlichkeit.
Triumph! Triumph! zerbrochen sind die Ketten,
    Die Pfaffen schmiedeten,
Du sandtest ihn, von Sklaverey zu retten,
    Erweicht durch deiner Kinder Flehn.

Er trieb mit deutscher Kraft des Irrthums Heere
    Hinweg, und zagte nicht;
„ Und wenn die ganze Welt voll Teufel wäre,
    „ So fürchtet' Er sich dennoch nicht. “
Nicht Bann, nicht Acht, erschütterten den Kühnen,
    Entschlossen sprach sein Mund.
So stund auf seines Vaterlands Ruinen
    Der Patriot *), und stürzt' in offnen Schlund.

                                        Du

*) Der Römer Curtius.

Du zogſt der Alten Weißheit aus dem Staube,
  Erhabner, großer Mann!
Durch dich kam uns zurück der Väter Glaube,
  Und tödtete den Pöbelwahn.
Wer wagt es jezt, uns fürder einzuſchränken?
  Wer will entgegen ſtehn,
Wenn wir es wagen, ſelbſt zu denken,
  Mit unſern Augen ſelbſt zu ſehn?

Dank dir, Unſterblicher! und jeder danke,
  Den du ſo hoch beglückt.
Dein Nam' ſey unſer ſüßeſter Gedanke,
  Wenn andre Wahn und Feſſel drückt.
O wehe! wehe dem, der dich verkennet, —
  Dich, der ſo viel gethan! —
Wer deinen Namen nicht mit Ehrfurcht nennet,
  Der iſt ein Sklav, kein freyer deutſcher Mann.

Der

Der erste May.

Im May 1781.

Ihr lächelnden Gefilde,
O seyd mir froh gegrüßt!
Wie weht die Luft so milde,
Die junge Blumen küßt!·
Kommt Freundinnen, und pflücket
Die schönsten auf der Flur;
Mit Florens Reiz geschmücket
Steht prangend die Natur.

O May! mit deinem Hauche
Erfrischest du die Luft.
Die Blätter an dem Strauche
Erfüllt dein süsser Duft.
Harmonisch fließt die Quelle
Im stillen Veilchen Thal,
Und an der Rosenstelle
Singt laut die Nachtigall.

Hell blickt die Sonne nieder,
Der Horizont ist rein,
Von froher Vögel Lieder
Erschallt der Tannenhain.
Wie schmachtend girrt das Täubchen
Zum Täuber auf das Dach,
O seht das süsse Weibchen
Fliegt ihrem Liebling nach.

Die Hügel, Thäler, Heiden,
Stehn neugeschaffen da,
Und alles füllet Freuden,
Was dich, o May! nur sah.
So zeigt der Himmel trübe
Sich oft des Jünglings Blick,
Bis die allmächt'ge Liebe
Ihn lohnt mit Ruh und Glück

Und ach! die Liebe füllet
Nun jede Kreatur,
Die frohe Schwalbe trillet
Dem Gatten auf der Flur.
Die Blumen düften Liebe,
Die Quellen rauschens nach;
Von Liebe wars, von Liebe,
Was Echo leise sprach.

In blauen Wassern freuet
Das kleine Fischchen sich,
Der Liebe Freuden weihet
Im Busch das Grillchen sich.
Wie summt die kleine Biene,
Wie schwärmt sie her und hin! —
Dort sitzt der Hirt ins Grüne,
Mit seiner Schäferin.

Wohl uns, du kehrtest wieder,
O holder Früling du!
Dir tönen unsre Lieder
Aus vollen Herzen zu.
Du bringst in trüber Stunde
Erleichtrung jedem Schmerz,
Von deinem Rosenmunde
Fließt Tröstung in das Herz.

O Jüngling, der am Herzen
Des besten Mädchens liegt,
Im Taumel süsser Scherzen
Von ihrem Arm gewiegt;
Horch! süsse Lieder klingen
Im Garten, — welch ein Klang! —
Die Nachtigallen singen
Dir deinen Brautgesang!

An den Schlaf.

Im May 1781.

Senke dich von deinem Blumenhügel
Mit dem Mohnbekränzten Stab,
Auf des Westes linden Flügel,
　　Süsser Schlaf, herab!

Bring der Müden Labsal mir, den Schlummer,
Daß er kräftig stärke mich,
Zu ertragen jeden Kummer,
　　Der ins Herz sich schliech.

O du bist so bitter, Kelch der Leiden,
Und wie lange währest du!
Warum flohn mich alle meine Freuden?
　　Warum floh die Ruh?

Macht ein Herz voll reiner heisser Liebe;
Mocht die seeligste Begier,
Hartes Schicksal! nur das Leben trübe;
　　Warum gabst du's mir?

Erstes Bändch.　　　　E　　　　Im

Immer, immer unter Lasten keuchen,
Das erblickt ein menschlich Herz.
Immer wünschen, nie das Ziel erreichen,
    Giebt es größern Schmerz?

Komm, o Schlaf! erleichtre meinen Kummer,
Will es niemand, thu es du!
Oder schließ' auf ewig in dem Schlummer
    Tod! mein Auge zu.

Unter Lottens Schattenbild.

Im Junius 1781.

Wer nicht in dieses Bildes Zügen
Des Herzens Heiterkeit, des Geistes Feuerstral,
Und Güt' und Edelmuth sieht eingedrücket liegen,
Der sehe das Original :
Und bleibt er kalt bey jedem Ernst und Scherz,
So thu' er nur Verzicht auf ein empfindend
Herz.

Die verwelkte Rose.

Im Junius 1781.

Du warst so schön, dein Balsamduft
　　O Rose! labte mich!
Nun aber neigen traurig schon
　　Die welken Blätter sich.

Die Morgensonn' entfaltete
　　Dein purpurnes Gewand.
Dich frischte Thau, da pflückte dich
　　Für Doris meine Hand.

Nun schon verblüht! — — So schnell vielleicht
　　Reißt mich der Tod dahin;
In meiner vollen Jugendkraft
　　Kann ich, wie du, verblühn.

O Doris, siehst du ausgestreckt
　　Und blaß im Sarge mich;
Denk' meiner Rose dann und wein'
　　Ein Thränchen warm um mich.

Und

Und denk' : er hat mich treu geliebt,
Mir war sein Herz verwandt,
Und grausam, grausam trennte uns
Hienieden Schicksals Hand.

Dann, Doris! wein vom Himmel ich
Ein Thränchen sanft herab:
Und sieh ein Röschen keimt davon
Auf deines Lykas Grab.

Pflück du es ab, drück's an die Brust,
Dann stirbt's vielleicht an dir. —
Fänd mich an deiner Brust der Tod,
Wie leicht, wie wohl wär's mir!

Lied eines Bauerknaben.

Im Julius 1781.

Ich bin ein flincker Bauer-Jung
Was kümmert mich die Stadt?
Von ihren Leckerbissen wird
Der Magen nimmer satt.
Ich tanz' und springe kreuz und quer,
Uneingeschränkt von Zwang;
Und gerne hört mein lauschend Ohr
Der Vögel Lustgesang.

So bald die Morgensonne früh
Beginnt den raschen Lauf,
Und in mein Kammerfenster blinkt',
Spring ich zur Arbeit auf.
Des Vaters froher Blick belohnt
Den Schweiß, der mir entquol:
Und ach! wie schmeckt nach frischem Trunk
Die Ruh bey Nacht so wohl!

Der faule Städter kränkelt oft,
Und trägt ein blaß Gesicht.
Mir weicht bey schwerer Arbeit doch
Das Roth der Wangen nicht.
Die Mädchen all' im Dorfe sind
Dem kleinen Gürgen gut;
Die schenkt mir einen Strauß an Laz,
Und die ein Band zum Hut.

Wer weis, was all noch aus mir wird? —
Versteht sich mit der Zeit,
Muz' ich, um flink und brav zu seyn,
Stets die Gelegenheit : —
Vielleicht noch Richter hier im Dorf,
Wie sollte das mich freun!
Dann müßte die Frau Richterin
Mein blondes Kätchen seyn.

Epis

Epistel an meine Freundin M * *

Im Herbstmonat 1781.

Die Wonnegeberin, die Göttin Harmonie,
Sah lächelnd einst auf deine Wiege nieder.
Die goldne Leyer in der Hand, sang sie,
Indeß der Schlummer dich beschlich, dir süße
       Lieder.

Von ihr geführt bist du empor
Gewachsen. — Hat nicht oft dein Ohr
Der Melodien reizendste gehört:
„Du, Mädchen! bist der Tonkunst Freuden
       werth! „ —

Sie bildete dein sanftes Herz,
Goß dir Gefühl für Wonn und Schmerz,
Für andrer Lust und Leiden
In deine Brust; — gab dir das göttlichste Talent,
Was sie zu geben hat, das nur der Edle kennt,
Die Kunst : Vergnügen zu gewähren.
Die Kunst, ein banges Herz der Freude zu er-
       weitern,
Die Thräne trocknen, die dem Aug' entfließt,
Und jeden trüben Blick zu heitern.
O danke deinem Loos, das dir gefallen ist! —

         Sie

Sie ists, die dir schon früh Gefühl für Freund-
                                    schaft gab,
Sie sahst du dir zur Liebe winken:
Sie ist dein Trost, sie ist dein Stab,
Willst du im Leiden muthlos niedersinken.

Wie oft hast du der Schwermuth finstre Bilder,
Von schwarzer Phantasie gezeugt,
Aus meinem Hirne weggescheucht!
Wie manches Lied wär nicht mir am Klavier
                                    gelungen,
Hätt' ichs, o Freundin! nicht für dich gesungen.
Und gaben andre Beyfall mir,
So ists dein Werk, so dank ichs dir.

O wandle fürder die betretne Bahn,
Geh vorwärts, — weiter, immer weiter!
Blick über Mißgunst, Vorurtheil und Wahn
Großmüthig weg! — Du weist es ja: der Neid
Ist immer des Verdiensts Begleiter.
Hat nicht der beßre Theil des Beyfalls Kranz
Um deine Schläfe längst gewunden?
Und hat er nicht durch dich so oft, so ganz,
Des Lebens schönstes Glück, die Freudigkeit em-
                                    pfunden?
                                    Noch

Noch danket dir mein Herz das süßeste Gefül,
Noch dankt es dir die Freudenthräne,
Die damals meinem Aug' entfiel,
Als du mein Röschen 1) warst, und Scen'
um Scene
Dir immer herrlicher gelang.
Noch tönt in meinen Ohren der Gesang:
„ Du süsser Wohnplatz stiller Freuden! „ 2)
Ich sehe dich im ganz empfundnen Schmerz
Wenn unser May'r als Edelknabe 3)
Dir eine Thrän' entlockt. — Du nahmst den Kranz,
Und liessest Gänschen dich beneiden.

O lohn' es dir die Göttin Harmonie,
Und führe dich an ihrer Hand durchs Leben!
Dir fehlen sanftre Freuden nie,
Wird sie um dich mit leisem Fittig schweben;
Schutzgöttin dir hienieden ewig seyn,
Und auf den rauhen Pfad des Leben Rosen streun.
Wenn Sorgen deine Stirn' umziehen,
Dann stärkt sie dich mit neuen Harmonien.

● Un=

1) Sie war Röschen in meinem Singspiel
„ Ehrlichkeit und Liebe " auf einem Privat=
Theater.

2) Als Hannchen in der Jagd.

3) Frau von Demmund im Edelknaben.

Unnennbar sind, für Herz und Ohr,
Die Freuden, die die Göttin giebet.
Wohl dir, daß sie dein Herz zur Leiterin erkohr,
Wohl dir, daß sie auch dich geliebet.

An eine Braut zu ihrem Hochzeittag.

Im Windmonat 1781.

Nimm, — o Mädchen mit der schönen Seele! —
　Ein Geschenk, das dir die Freundschaft bringt.
Nimm den warmen, tief empfundnen Seufzer,
　Der für dich aus meinem Herzen bringt.
Gottes Engel leite dich durchs Leben
　Ueber rosenvolle Pfade hin,
Keine Thräne wein' dein Auge; keine Schwermuth
　Wölke deinen Biedersinn!
Heiter, — wie der Jugend kummerlose Tage —
　Müssen deine künft'ge Tage seyn;
Jedes Glück, das dir der Himmel schicket,
　Wird auch mir, für dich, willkommen seyn.
Ruhet einst — vielleicht nach wenig Monden —
　Dir ein süsses Püppchen an der Brust;
O so fühle du bey seinem Lächeln
　Jede mütterliche Lust.
Sagst du ihm von denen, die dich lieben,
　Mit erheitertem Gesicht;
Dann vergiß auch, liebstes, bestes Mädchen,
　Meinen Namen nicht!

Bey Ganganelli's Bildniß.

An meinen Freund Sander *)

Im Windmonat 1781.

Du verdienteſt es, im Sonnenglanze
  Ganz zu ſehn, der Göttin Schönheit Bild,
Und du ſahſt es auch; ſein holdes Lächeln,
  Machte deine Seele ſanft und mild.
Seel'ger Geiſt! ſie hat die Labyrinte
  Deiner Wallfart hell gemacht,
Trug die Fackel leuchtend auf dem Pfade
  Schauerlicher Todesnacht.

Wen die Schönheit liebend angelächelt,
  Der verſchmähet Irrthum, Trug und Wahn;
Scheut der Boßheit Irrgang, wandelt ſicher
  Auf der Wahrheit und der Tugend Bahn.

Ueber=

*) Er ſchickte mir kurz zuvor Ganganelli's herr=
    liches Gedicht an die Schönheit. Es ſteht in
    Bowers Hiſtorie der römiſchen Päbſte, 10. Th.
    a. Abſchn. Magdeb. 1780. 8. S. 509, und in
    meinem „ gemeinnützigen Wochenblatt für
    Bürger, ohne Unterſchied des Standes und
    der Religion, beſonders in Schwaben “ 2ter
    Jahrgang, 27 Stück.

Ueberall entdecket sie der Späher,
   In der Sonne goldnem Licht,
In dem Mond, im Veilchen, und auf seines
   Mädchens holdem Angesicht.

Hört er Oceane brüllend rauschen,
   So entsteigt dem Schaum der Wellen sie,
Kreuzen ringsumher im Walde Blize,
   So ist sie's, die ihnen Reize lieh.
Singt im Buschenschatten leis' und einsam
   Ihm die kleine Nachtigall;
Schönheit lehrte sie Gesänge; Schönheit
   Schwebt im Sturz vom Wasserfall.

Habe Dank, o du, des Himmels Tochter!
   Hast auch mich hienieden oft umschwebt.
Ohne dich und deiner Hände Leitung
   Hätt' ich — ach wie lang' schon! — satt gelebt.
Wehe mir mit deinem Flügel Kühlung,
   Einst aufs Sterbebett herab,
Und empfang' in deiner Stralenkrone
   Dort mich, über'm öden Grab.

Führe mich durch jene trübe Thäler,
   Die erfüllt des Todes Nacht und Graun;
Ueber Wolken, — wo dich Ganganelli,
   Sokrates, Homer und Plato schaun.

                            Wird

Wird bey meinem stillen Todeshügel
 Selma stumm und traurend stehn;
O dann sag ihr, Göttin! drüben soll sie
 Mich verschönert wieder sehn.

Lied.

Im Windmonat 1781.

Ich war mal so seelig, so wohl und so leicht,
Kein Thränchen machte die Augen mir feucht.
Mir lachte ringsum die liebe Natur,
Mich freute das Blümchen auf blühender Flur.

Wohl stralte die Sonne, der Mond und die Stern,
Hat überall Freuden, von nah und von fern.
Mir sangen die Vögel nur Wollust und Scherz,
Mir summten die Bienchen Entzücken ins Herz.

Und schlief ich unter'm breitastigen Baum,
Da labte mich Schlummer und wonniger Traum.
Erwacht' ich, so lispelte Zefir um mich,
Der buhlend die farbigen Wipfel durchstrich.

Sag an, wenn war mirs so wohl und so leicht?
Wenn machte kein Thränchen die Augen mir feucht?
Wars nicht in jenem so seeligen Jahr,
Da Klärchen mein Liebchen und Eigenthum war?

Da

Da war es! — Wir liebten und hattens kein
Ziel,
Wir hatten uns immer zu sagen so viel;
Und hatten das beste gewöhnlich am Schluß
Vergessen, bey Herzen, und Drücken, und Kuß.

Und wenn ihre Stimme zum Saitenspiel klang,
Wie war mirs so heimlich, so wohl und so
bang!
Mir glühten die Wangen, ich hudelte fort,
Und grief so manchsmal den falschen Akord.

Wir hatten ein Leben, wie's keines mehr giebt,
Mich liebte das Mädel, wie keines mehr liebt,
So innig und traulich, so wahr und so warm,
Wie hab ichs empfunden so oft, ihr im Arm!

Am frühesten Morgen, in spätester Nacht,
Hat Klärchen mir kosend und lieblich gelacht.
Wir assen zusammen in traulicher Stund,
Sie gab mir den Bissen mit Lächeln in Mund.

Obs stürmt' oder schneyte, so mußt' ich zu ihr,
In Kält oder Hiz', ach! flog sie zu mir.
Ob mancher und manche schon mißgünstig sprach,
Wir liebten uns dennoch wie vor, auch darnach.

Da nahm ſie das Schickſal ſo neidiſch mir hin,
Drum labt nicht mehr Freude den liebenden
Sinn.
Nun nimmer ſo ſeelig, ſo wohl und ſo leicht,
Nun machen wohl Thränen die Augen mir feucht.

Sterbt nur, ihr Blümchen auf blühender Flur,
Verwandle die Stätten, allgüt'ge Natur,
Wo ſonſten mit ihr mich der Frühling entzückt,
Daß nicht die Erinnerung mich ſchmerzlicher
drückt.

Da wank' ich nun traurend und kümmre mich ab,
Bald ſink' ich vielleicht in mein friedliches Grab.
Wird Klärchen dort weinen aus zärtlichem Schmerz,
So flöt' ihr, o Nachtigall! Frieden ins Herz.

Und hörſt du ein Flüſtern, ein Säuſeln um dich,
Wie Wehen des Frühlings, ſo hörſt du mich,
Mein Klärchen; ich ſchweb um das ruhige Grab,
Das Säuſeln bedeutet: ,, bald hol ich dich ab! ,,

Im Himmel iſt Leben, wie's keines mehr giebt,
Dort liebt man, wie wir uns auf Erden geliebt;
Und immer und ewig, iſt immer ſich nah,
O Klärchen, mein Klärchen, o wären wir da!

Die

Die Schöpfung des Weibs.

Im Christmonat 1781.

Einsam, und hülflos, und verlassen stand
Der Schöpfung Herr, der Mensch. Er sah hinauf
Zum schimmernden Gewölb des Himmels, sah
Wie ein Stern sich am Licht des andern freute.
Er sah, wie rings umher in der Natur
Der große Schöpfer alles, alles paarte.
Der Löwe freute sich im dunkeln Wald
Mit seiner Löwin, und der Elephant
Erschien an blauen Wassern nie allein.
Sah er hinauf die steilen Felsen, so
Erblickt sein Auge Gems mit Gems gepaart,
Er hört im Hain das schallende Concert
Der freyen Vögel, sah in jener Kluft
Kaninchen, und alles ruft ihm zu:
„ Sieh der Geselligkeit Vergnügen, Mensch! „
Da gieng er hin in seine dunkle Laube,
Und floh den Anblick jegliches Geschöpfs.
Doch aber hier auch fanden seine Schmerzen
Nur Nahrung. Blume neigte sich zu Blume,
Und als die Blätter hoher Apfelbäume

Bey

Vereinet sich bewegten; als die Rebe
Sich nun hinauf zur andern Rebe drang,
Und im Jesmin sich Bien' und Biene suchten;
Da seufzte bang der Schöpfung Herr, der Mensch,
Und sank darnieder auf sein Angesicht.
Nicht Worte, Seufzer flogen nur aus seiner
Bewölkten Seel' und Thränen strömten nieder.
Da sah der Schöpfer ihn, den Jammernden,
Er sah, was ihm zum Glück des Lebens fehlt';
Und hub allmächtig seine Hand empor.
Da kam aus einer rosenfarben Wolke
Ein Mädchen, wie der junge Tag, ans Licht.
Des Herzens Güte schimmert' auf der Stirne;
Der liebe Reiz im honigsüssen Mund.
Es wallten seidne Locken um den Nacken,
Ihr Busen bebte, wie das frühe Veilchen
Am Stocke bebt. Zufrieden lächelt sie,
Und freute sich, daß sie geschaffen war.
Ein Wolkenwagen, den zwey Schwäne zogen;
Trug sie hinab ins Thal der Sterblichen.
Der Vögel Chor sang Lieder ihr entgegen,
Der Löwe schüttelt seine gelbe Mähne,
Und brüllt vor Lust. Die Blätter an der Laube
Bewegten sich vom Säuseln junger Weste.
Das Echo schallt der Kreaturen Ruf
Im Walde nach, und Flüsse rauschten sanft.
Und er, der Mensch erblickte sie, und schnelle
                                        Flog

Flog eine Röth' ihm in sein Angesicht.
Er starrt sie an, — er bebt, — er wankt — er
stammelt:
„ Ein Mensch wie ich? Ist's Täuschung? —
Schatten? — Traum? —
„ Allmächtiger, wie gütig bist du nicht! „
Er fühlt sie an, um sich zu überzeugen,
Ob's Warheit sey, was gern er Wahrheit wünscht;
Und findet's. Ja, sie war das Meisterstück
Der Schöpfung, war das Weib, und Mensch
wie er.

Gefühle, die er nicht zu nennen wußte,
Durchströmten jetzt des Mannes frohe Brust.
Er drückt die weiche Hand, er küßt sie, spielet
Mit ihren seidnen Locken, sinkt entzückt
Ihr an das Herz, und küßt — und küßt sie
wieder.

Im Taumel des Entzückens schwimmen beyde,
Und jedes fühlt sich froher — glücklicher.
Da brach das süße Weib der Rosen eine
Vom Stengel, reichte sie dem Manne dar,
Und hastig greift er zu, und ritzt von Dornen
Sich eine Wunde. — Sie bemühte sich
Das Blut ihm abzuwischen. Da erschol
Vom Himmel eine Stimm: „ In meiner Welt
„ Sind Freud' und Schmerz genau und eng ver-
bunden.

„ Ein

„ Ein Leben ohne Laſt taugt nicht für Menſchen.

„ Genießt der Freuden Füll und Ueberfluß,

„ Doch ſteht einander auch im Kummer bey,

„ Darum verband ich euch ! „ Die Stimme

schwieg. —

So oft ein Schmerz hinfort die Beyden traf,

Erinnerten ſie ihrer Roſe ſich.

Und Eva pflanzte, da ihr Adam ſtarb,

Von ihrer Laube Roſen auf ſein Grab.

Der Tod.

Im Wintermonat 1782.

Sollt' ich beben vor dir, der aus dem Laby-
rinth
Dieses Lebens den Weg, ach! so freundlich uns
zeig: ;
Der die schaurichten Pfade
Mit der Fackel uns lichte macht?

Mir erscheinest du nicht fürchterlich, schrecken-
voll;
Bist ein Genius, hellglänzend wie Morgen-
roth,
Milde lächelt dein Auge,
Lieblich locket dein süsser Mund.

Wenn die Stirne herab glühende Tropfen
uns
Rollen, trocknest du sanft, schöner Engel! sie
ab:
Zeigst dem ermatteten Pilger
In der Ferne dein Ruhethal.

F 4   Wenn

Wenn hienieden die Angst sich wie Schlangen
ums Herz
Windet , wenn unser Blick matt die Nächte
durchschaut;
O dann schallet von drüben
Lauter Jubel und Wonnesang.

Tod, du schreckest mich nicht ! sieh, mit ruhiger
Brust,
Mit Verlangen im Aug , reich ich die Hände
dir !
Hier ist Leiden und Elend ,
Dort Vollendung und Wonnesang ,

Pros

Prosaische Stücke.

-

I.

Louise von Walheim.

Ein Schauspiel
in einem Aufzug.

Hier sayt die ihn!
Louise von Walheim. os doch he

Verfertigt im Wonnemonat 1783.

Perſonen.

Der Präſident von Walheim.
Louiſe, ſeine Tochter.
Marianne von Siegfried, ihre Freundin.
Kammerherr von Berg.
Wilhelm von Baldern.
Ein Bedienter des Präſidenten.

————

Die Scene iſt im Haus des Präſidenten.

Vorbericht.

Wenn man gegenwärtiges kleine Schau-
spiel keiner großen Würkung bey der
theatralischen Vorstellung fähig halten sollte,
weil die Handlung zu einfach ist, so hoff' ich
doch, daß es wenigstens im Lesen unterhalten
kann. Vielleicht wäre jenem Mangel dadurch
abzuhelfen gewesen, wenn ich den Kammerherrn verliebter gemacht, eine Scene zwischen
ihm und dem Fräulein veranstaltet und Mariannen mit in sein Interesse verflochten hätte;
aber ich fürchtete, das Stück dadurch auszu-
dehnen und gerade das wollt' ich vermeiden.
Auch der Präsident würde freylich mehr
Bruit machen, wenn er seine Tochter zur Hey-
rath schlechterdings zwingen wollte. Allein ein
rechtschaffner, gutdenkender Mann, der nur
durch

durch Menge der Geschäfte gewisse Empfindungen verloren hat und daher glaubt, ein Mädchen unterschreibe einen Heyratscontrakt mit einem achtungswürdigen Mann, wenigstens eben so calculmäßig, als er einen Friedenstraktat mit gehaßten Feinden, ist mir ein zu wahrer und in der Natur zu gegründeter Karakter, als daß er, um die Aufmerksamkeit unverständiger und geräuschliebender Zuschauer zu spannen, zum Tyrannen oder gefüllosen Dümmling herunter gewürdigt werden sollte.

Erster

Erster Auftritt.

Der Präsident. Kammerherr von Berg.

Präsid. Wie ich Ihnen sage, mein lieber Kammerherr. Der längstgewünschte Friede ist endlich unterzeichnet.

Kammerh. So schnell hab ich es nicht gehoft.

Präsid. Ich ebenfalls nicht, doch Gott sey Dank, daß es so weit ist. Sieben Jahre die Lasten des Kriegs fühlen, Tag und Nacht in Unruhe zu leben, zu denken: heute ruh ich noch sanft unter diesem Dach, morgen vielleicht ist mein Haus ein Raub der Flamme geworden; heute genies ich im Ueberfluß aller Glücksgüter, jede Bequemlichkeit, morgen können die Feinde mich plündern, und ich geh arm davon, wie der Bettler, der nicht hatte, wo er sein Haupt hinlegen konnte. Lieber Freund, das ist hart.

Kam:

Kamerh. Unser Vaterland hat es leyder erfaren. Es werden viele Jahre nöthig seyn, bis die Wunden geheilt sind.

Präsid. Gott geb ihm Ruhe! das war mein tägliches Gebet, wenn ich den Acker verwüstet, und die Traubengeländer im Weinberg umgehauen sah. Jezt hoff ich auch mit Ruhe, mit heiterm Blick in die Zukunft zu sterben.

Kamerh. Möge dies noch weit entfernt seyn!

Präsid. Ich erkenne Ihre Gütigkeit; allein wie lange könnt ich noch zu leben hoffen? In den Jahren, worinn ich stehe, müssen wir des entscheidenden lezten Augenblicks alle Stunden gegenwärtig seyn. Und — lieber Kammerherr — unter uns geredt — ich habe des Tages Last und Hize redlich getragen, und sehne mich nach dem Feyerabend.

Kamerh. Ein ehrenvolles Alter, Herr Präsident, ist auch Belohnung.

Präsid. Ich geb Ihnen das zu; aber wer die große Welt und ihr glänzendes Nichts so nahe gesehen hat, als ich; wer die Cabale der Höfe, die den ehrlichen Mann allzeit verfolgt, so kennen lernte, als ich, o Kammerherr, der legt seinen Wanderstab mit Freuden nieder.   Kam

Kamerh. Sie scheinen, das Gute zu übersehen, Herr Präsident, das Ihnen auch zu Theil geworden ist, und wollten Sie sich zu den finstern Geschöpfen rechnen lassen, die nur wissen, daß viel Mühe des Lebens ist?

Präsid. Nein, so wahr Gott lebt, ich verkenne das nicht, und danke für jede genossene Freude der Jugend und des männlichen Alters, als Greis noch; aber ich weis, daß ich einer vollkommnern Welt entgegen gehe, wo keine Bürde mehr mein Haupt drücket, und warum sollt' ich mich darauf nicht von Herzen freuen? Doch, lassen Sie uns davon abbrechen. Ich könnte Ihnen gar vieles von zerstörten Hofnungen, vereitelten Wünschen und zerrissenen Planen sagen. Bald sez ich meinen Wünschen für diese Welt ihr völliges Ziel. Nur einen hab ich noch, und — möge mir dieser nicht fehlschlagen!

Kamerh. Und dieser Wunsch wäre?

Präsid. Meine Tochter mit demjenigen würdigen Mann versorgt zu sehen, der wie ein Sohn an seinem Vater an mir hieng, der sich zum nützlichsten Mitgliede des Staats gebildet hat; der in seiner Würde

Erstes Bändch.   G   die

die Belonung seiner Verdienste genießt.
— mit einem Wort, Sie wissen es ja,
mit dem würdigen Mann, den ich hier
die Ehre habe bey mir zu sehen.

Kamerh. Ihr Lob, Herr Präsident, ist mir un-
gemein schäzbar. Ich habe Sie als einen geraden und offenen Mann kennen
gelernt, der die Warheit gern ohne Ansehen der Person sagt, und um so schmei-
chelhafter ist es für mich, von einem
solchen Mann gelobt zu werden. Auch
verderben Sie mich dadurch nicht, denn
ich kenne meine Fehler, und suche sie
zu bessern. Was aber den andern Punkt
betrift, so erkenn' ich zwar Ihre Güte
für mich, wie ich soll: doch werden Sie
mir die einzige Frage verzeihen: haben
Sie die Neigungen des Fräuleins hinlänglich geprüft? Wissen Sie, ob sie
ein Herz zu mir hat?

Präsid. Louise hat sich von ihrer Kindheit an
so gegen mich bezeugt, daß ich Ursache
habe, zufrieden zu seyn, Ursache, dem
Himmel zu danken, daß er mir eine
solche Tochter gab. Und sollte sie mir
zum erstenmal in der wichtigsten Angelegenheit ihres Lebens entgegen seyn?
Sollte

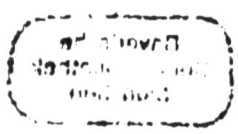

Sollte sie sich widerspenstig bezeugen,
indem ich im Begrif stehe, noch vor
meinem Ende sie glücklich zu machen?

Kamerh. Wir wissen noch nicht, ob sie es für
ein Glück halten wird.

Präsid. Glauben Sie, daß ich meine Tochter
nicht besser kenne? Glauben Sie nicht,
daß vernünftige Vorstellungen und Gründe, die ich ihr anschauend zu machen
suchen werde, bey ihr Eingang finden
sollen?

Kamerh. Liebster Herr Präsident, der Verstand
läßt sich leicht durch vernünftige Vorstellungen beruhigen und leiten; aber
das Herz — o! das Herz nimmt sehr
selten Gründe an.

Präsid. Wozu diese Wendungen und Zweifel,
Kammerherr? Ich hofte, Sie sollten
diese längst überwunden haben; hofte,
Sie sollten meinen Wünschen entgegen
kommen.

Kamerh. Das weis der Himmel, ich wollt' es
mit Freuden; aber ich müßte mich sehr
irren, wenn des Fräuleins Wünsche
mit den meinigen zusammen treffen sollten.

Präsid. Warum nicht?

G 2   Kam:

Kammerh. Weicht sie mir nicht auf allen Wegen
geflissentlich aus?

Präsid. Warum weichen die Mädchen den Liebhabern aus, Kammerherr?

Kammerh. Ich verstehe Sie, Herr Präsident, Sie
wollen sagen: sie weichen aus, um
desto eifriger gesucht zu werden. Aber
— verzeihen Sie mir — das ist nicht
allzeit der Fall.

Präsid. Das meistemal. — Doch wenn dieser
Umstand der einzige ist, der Ihnen
Sorge macht, so ist noch nicht alles
verloren.

Kammerh. Nein, nicht der einzige. Aber vielerley
kleine Umstände machen endlich unsre
Beobachtungen vollständig. Gefällt Ihnen des Fräuleins eifriges Suchen der
Einsamkeit, ihre öftere Zerstreuung, die
melancholischen Gesänge am Klavier?
Und o! ich habe sie beobachtet, wie
gerne sie im Garten in dem düstern
Lindengang spazieren geht, wie oft sie
sich in der Einsiedeley desselben aufhält,
wo Sie, Herr Präsident, zum Andenken ihrer geliebten Gattin, ein Grab
aufwerfen ließen, mit der passenden
Ueberschrift: „Erinnerung abgeschie-
enden

denen Glückes." Ich habe in der
Laube die Thränen rinnen sehen, die sie
heimlich weinte, da sie sich von niemand
beobachtet glaubte.

Präsid. Das klingt ja sehr tragisch und empfind-
sam. Ich will nicht hoffen, daß gewisse
neuere Romane Louisens Kopf verwirrt
haben?

Kammerh. Nein, ihr Uebel muß in etwas an-
derm selnen Grund haben.

Präsid. Und ich habe das Zutrauen zu Ihnen,
Sie werden sie von jeder Schwermut
heilen; und mich die wenige Zeit, die
ich etwa noch zu leben habe, mein
Glück in Ihrem Glück finden lassen.

Kammerh. Wollte der Himmel, daß ich das
fähig wäre!

Präsid. Sie sind es! Glauben Sie, wenn ich
nicht das hofte, daß ich Ihnen den
besten Schatz, den ich habe, vertrauen
würde? Denn das ist und bleibt meine
Tochter. — Verzeihen Sie, lieber Kammerherr! ich sollte so nicht reden, aber
ich bin schwach, wenn ich auf diesen
Punkt komme. Ihr erstes kindisches
Lächeln, ihr Streicheln und Küssen, die
Eilfertigkeit, mit der sie immer meinen

G 3   Wün-

Wünschen zuvorkam; ihre Sorge für
mich, meine Ruhe und Bequemlichkeit
seit dem Tod ihrer rechtschaffenen Mutter; ihr redliches Herz; ihre Begierde,
mit der sie nach Kenntnissen jeder Art
geizet, alles Gute und Schöne mit
Heftigkeit und Wärme umfaßt, guten
Menschen so gut ist; — o Kammerherr!
wenn all das auf einmal in meiner Seele
lebendig wird, ich sie ansehe, so natür-
lich, so unverdorben an Kopf und
Herz, — und ich denke dabey: es ist
dein Werk, du hasts gebildet — ach,
Sie können sich die Süßigkeit nicht denken, die mein ganzes Wesen durchströmt.

Kammerh. Wahr ists, Sie sind ein glücklicher
Vater.

Präsid. Und — ich habe keinen Sohn, der
meinen Namen erhalten wird, aber
wenn ich mir Sie als den Sohn zu
dieser Tochter denke, wie auch Sie
mich kindlich lieben, — den Rest meines Lebens versüßen, und mir einst die
Augen thränend zudrücken werden; —
was ist an der äußerlichen Dauer meines Namens dann gelegen? Er wird
in eurem Herzen leben, und einst in
                                    den

den Herzen eurer Kinder. Sehen Sie,
das soll Belonung für alles seyn, was
ich bemerkt, und unbemerkt gethan habe.

Kammerh. Mein ganzes Herz wünscht es Ihnen.

Präsid. Geben Sie mir die Hand, Kammerherr, daß das wahr ist.

Kammerh. Hier! (Giebt ihm die Hand.)

Präsid. (Klingelt) Das übrige überlassen Sie
mir. (Es erscheint ein Bedienter)
Meine Tochter soll kommen, ich möchte
sie sprechen. (Bedienter ab.)
Itzt gehen Sie, Freund und denken Sie
dem nach, was ich gesagt habe. Bis
wir völlig in Richtigkeit sind, bleibt die
Sache unter uns. Ich wollte Sie gerne
zum Zeugen des Gesprächs machen,
aber ich fürchtete, Louisen in Verlegen-
heit zu sezen, und eine jungfräuliche
Röthe wirds auch ohne Ihre Gegenwart
geben. Leben Sie wohl, Kammerherr,
auf glückliches Wiedersehn.

Kammerh. Ihr Diener, Herr Präsident!
(Geht ab.)

Zwey-

Zweyter Auftritt.

Der Präsident allein.

Präsid. Ich habe viele Kartenhäuser in meinem Leben aufgebaut; sie sind eingestürzt und ich lächelte dazu; aber wenn der Wunsch zu Wasser werden sollte, der sich mit meinem ganzen Wesen so innig verwebt hat, der Wunsch, meine Louise glücklich zu sehen, eh ich sterbe, — das würde mein Herz brechen. Und mit wem könnt ich sie glücklicher hoffen, als mit dem Kammerherrn? Er ist ganz der Mann nach meinem Herzen. Kein Höfling, wie die gewöhnlichen sind mit glatten Worten auf der Zunge und mit Gift im Busen. Ich sah ihn auf wachsen, war Zeuge seiner Rechtschaffenheit und seines Edelmuts und that so oft den geheimen Wunsch, o Gott, den du allein wußtest! daß das Mädchen ihm gefallen möchte. — Dies Ziel ist erreicht, — ob wohl das andere nicht eben so nah ist? — O meine Tochter, mögest du es mir nicht aus den Augen rücken!

Dri-

Dritter Auftritt.

Der Präsident. Louise.

Präsid. Kommst du, meine Tochter?

Louise. Auf ihren Befehl.

Präsid. Es ist nicht recht, Mädchen, daß ich dich erst muß rufen lassen. Du weißt, was mir deine Gegenwart ist.

Louise. Ich werde nie versäumen, die Ihrige zu genießen, theuerster Vater! da ich aber hörte, der Kammerherr von Berg sey bey Ihnen, so wollt' ich auch zu keiner Störung Ihrer Unterhaltung Anlaß geben.

Präsid. Du hättest sie nicht gestört, denn es war keine Unterhaltung in Amtsgeschäften und an jeder andern hab ich dich ja immer Theil nehmen lassen. Indeß wer weiß, wärest du da gewesen, ob dir gerade das, was wir sprachen, nicht angenehm hätte seyn können?

Louise. Wie so?

Präsid. Ich setze voraus, daß es jedem Mädchen von deinen Jahren nicht unangenehm klingt, wenn man vom Heyrathen spricht.

Louise.

Louise. Davon sprachen Sie also?

Präsid. Davon, Ja. — Aber höre Louise! du nimmst das so kalt auf, und warum sollt ich mich gegen mein Kind verstellen? Ich muß dir sagen, ich sähe dich gerne, sehr gerne, mit einem braven Mann vereinigt.

Louise. Mein Vater!

Präsid. Es ist diejenige Bestimmung, Louise, die du erfüllen must, derjenige Schritt, den Gott und dein Vater von dir fordern. Du bist geschaffen glücklich zu seyn und glücklich zu machen. Fasse die Idee recht, mein Kind, glücklich zu machen! Sie giebt dir eine weite wünschenswerthe Außsicht.

Louise. Wohl wahr, eine herrliche Außsicht, die ich aber nie erreichen werde.

Präsid. Grillen! — Du kannst und wirst es. Ich habe dich, denk ich, so erzogen, daß es dir nie fehlen kann, du magst in eine Lage kommen, in welche du willst, mit dir selbst zufrieden, und also glücklich zu seyn. Du hast an deiner Mutter gesehen, was eine rechtschaffene Frau ihrem Manne seyn kann, du kennst alle Pflichten, zu deren Aus-

übung

übung dich diese heilige Verbindung
ruft, und wirst sie — das hoff ich zu
Gott — erfüllen. Was kann dir also
fehlen?

Louise. Sie haben eine zu vortheilhafte Mey=
nung von mir, liebster, bester Vater!
Ich bin das Geschöpf nicht, von dem
sie reden.

Präsid. Sollt' ich Louisen so verkennen? —
Nein mein Kind! — Ich will dir nicht
schmeicheln, aber ich wiederhol es noch
einmal, du kannst glücklich seyn und
glücklich machen. Beydes ist der Be=
ruf, zu dem ich dich erzog, und wehe
dir, wenn du durch eigene Schuld un=
glücklich wirst. Nah am Grabe werd
ich dann seufzen und mit Kummer mein
graues, von Sorgen gedrücktes Haupt
in den Staub legen. Louise, könntest
du mein Grab sehen, ohne zu beben,
wenn ich im Kummer über dich stürbe?
Würde der Duft der Blumen, die dar=
aus keimen, dir Wohlgeruch seyn?

Louise. O verbannen Sie diese schmerzlichen
Gedanken!

Präsid. Du willst nichts von meinem Tod hö=
ren? Einmal müssen wir davon reden
und

und gerade meine heutige Stimmung
ist dazu die geschickteste. Bedenke meine
Jahre, meine verlorne Kräfte; — ich
habe sie nicht verschwendet, das kan
ich vor Gott sagen, sondern im Dienste
des Vaterlands und meines Fürsten
zugesetzt. Bedenke die Beschwerlichkeiten,
denen das Alter ausgesetzt ist. Sahst
du nicht Jünglinge im Frühling ihrer
Jahre dahin welken, warum soll der
Greis auf ein langes Ziel hoffen?

Louise. Wozu diese traurigen Vorstellungen?

Präsid. Um dir anschauend begreiflich zu machen, wie sehr ich Ursache habe zu wünschen, dich in den Armen eines rechtschaffenen Mannes versorgt zu sehen.

Louise. Wird dann alles mich verlassen, niemand sich meiner annehmen, wenn sie
nicht mehr sind? Wird man sich nicht
der Verdienste des Vaters im Anblick
der verwaißten Tochter erinnern?

Präsid. Wie du so gut bist! Wie du so — un-
vorsichtig — alle Menschen nach die
beurtheilst! Verdienste haben, heißt
sehr oft: seinen Namen in Sand schreiben. Gleichgültig spricht man ein paar
Tage nach unserm Tode von uns, dann
                                    sind

sind wir vergessen. Aber derer, die wir
hinter uns zurücke lassen mußten, die
unsre liebsten auf Erden waren, in de=
nen wir einen Abdruck unsrer selbst hin=
terlassen wollten; — die der Gegen=
stand all unsrer Sorgen und Bemühun=
gen waren; wird nicht gedacht, diese
werden herumgestossen, als Menschen,
die man in der Schöpfung für übrig
hält. — Mein Kind, ich habe dies
nicht nur einmal gesehen, nicht nur
einmal darüber Thränen der bitterste:
Wehmut und des innigsten Mitleids
vergossen; und mir daher zur angele=
gensten Pflicht gemacht, dich nicht ver=
waißt, sondern versorgt zurück zu lassen.

Louise. Ich erkenne darinn meinen verehrungs=
würdigen Vater, der nie müde wird,
für seine Tochter zu sorgen. Aber wie
oft ist es der Fall in der Welt, daß
wir die Gutthaten anderer nicht so nu=
zen können, wie wir sollten und dürften!

Präsid. Das kann hier der Fall nicht seyn.

Louise. Und warum nicht?

Präsid. Weil es Thorheit wäre, in dieser wich=
tigen Angelegenheit, die ich in Rück=
sicht auf dich nicht erst seit gestern
über

überdacht habe, zu widerstreben, weil
du keine vernünftige Gründe deiner Weigerung angeben könnteſt.

Louiſe. Wer weis!

Präſid. Du ſchienſt mir einſt weniger gleichgültig gegen die Liebe. Wenn ich recht
beobachtet habe, ſo konnteſt du den Lieutenant von Valdern leiden?

Louiſe. (ſeufzt) Er iſt dahin und war —
(Sie ſtockt plötzlich, und erſt nach
einigem Schweigen) war ein recht
guter Mann.

Präſid. Das war er ! Schad um ihn, daß er
ſo früh gefallen iſt. Allein das muß
der Soldat täglich erwarten. Laß ihn
ruhen, meine Tochter! Ihm iſts wohl.
— Sieh dich um unter allen Jünglingen deines Alters und Standes. Jeder
wird mit Freuden deine Hand empfan-
gen. Wähle ſelbſt! Iſt der Gegenſtand
deiner Wünſche tugendhaft und edel,
hat er Verdienſte, die ihn auszeichnen;
ſieh mein Kind, ſo will ich mit Freuden eure Hände in einander legen und
ſagen: Gott ſegne euch! — Willſt du
aber mir die Wahl überlaſſen; — auch
gut, und in dem Fall hab ich etwas
in

in Bereitschaft, das vielleicht nicht zu
verachten wäre. Rathe!

Louise. Ich kanns nicht gut.

Präsid. Jungfräuliche Ziererey! die gegen den
Vater unrecht angebracht ist. Willst du
aber nicht rathen, so will ich dirs sagen:
es ist der Kammerherr von Berg.

Louise. Ich verkenne seinen Karakter und seine
Verdienste nicht.

Präsid. Das freut mich. Wie könnt es
auch Louise übersehen, die so gern al=
les Gute und Schöne bemerkt. In dei=
ner Hand steht es nun, alle diese Ver=
dienste auf eine würdige Weise zu belonen.

Louise. Dazu bin ich zu wenig.

Präsid. Nicht zu wenig! O Kind, was ist Für=
stengunst und all ihr Lohn mit Bändern,
Sternen und Orden? Was sind all diese
glänzende Kleinigkeiten gegen ein Herz,
ein edles, sanftes weibliches Herz? —
Glaubst du, daß der der Arbeit müde
Hofmann am Abend Erquickung am An=
schauen seiner Ordensbänder findet, so
betrügst du dich. Aber wenn er Gefül
hat, so findet ers an der Brust einer
tugendhaften Gattin, in ihrer Unter=

hal=

haltung, an seinen Kindern. O Mäd=
chen, das geht über alles!

Louise. Sie sprechen mit Entzücken von der Liebe.

Präsid. Ich habe sie genossen. Es war die schönste
Blume, die ich auf meinem mühseli=
gen Pfade gepflückt habe, das süßeste
Labsal in jeder Widerwärtigkeit, das
ich deiner Mutter noch im Grabe danke.
Sieh meine Tochter, dieser Glückselig=
keit will ich dich auch theilhaftig machen,
eh sich mein Auge schließt.

Louise. Die zu gute Meynung, die Sie von
mir haben, läßt sie mehr hoffen, als
ich zu leisten fähig bin.

Präsid. Wir wollen darüber nicht streiten. Ge=
nug, ich glaube dich zu kennen, und
den Kammerherrn auch. — Komm
Louise, sey ein gutes Kind! Mache
nicht, daß ich meine vortheilhafte Mey=
nung von dir zu ändern genöthigt sey.
Sage mir aufrichtig deine Gedanken,
wie du sonst in allen Fällen gethan hast.

Louise. Es ist unmöglich, mein Vater.

Präsid. Unmöglich, was?

Louise. Lassen Sie mir nur etwas Zeit, meine
Gedanken zu sammeln und mit meinem
Herzen zu überlegen. Ich verspreche
Ih=

Ihnen — wenn ich kann — ich will nicht widerspenstig seyn.

Präsid. Es wäre grausam, wenn ich dir dies abschlagen wollte. Zwingen werd ich dich nie; aber wenn du deinen Vater lieb hast, Mädchen, o so laß ihn die Freude noch erleben, dir den Brautkranz um die Locken zu schlingen, dich einem Mann zu zuführen, in dessen Armen ich dich gerne zurücklasse.

Louise. Ich will es überlegen, und was ich thun kann — o mein Vater — gewis ich thu es gerne.

Präsid. Laß mich heiter dich sehen, meine Tochter, wenn ich wieder komme.

(Der Präsident ab.)

Vierter Auftritt.

Louise allein.

Heiter? — du guter Vater, wo soll mir Heiterkeit herkommen? Meine Seele weidet sich so gerne an Bildern der Traurigkeit und Schwermut, wo soll

Erstes Bändch.   H   ich

ich nun Freude haben? — O mir war
einst so wohl, so leicht, wie dem Vogel in der Mayluft. — Daß das Gute
in der Welt so bald vorübergeht! daß
die Erinnerung daran unserm Herzen
so wehe thut! (Pause.) O Wilhelm,
Wilhelm! da du noch bey mir warst,
da das glühende, liebvolle Mädchen sehnend an deinen Lippen hieng, und das
Feuer deiner Augen in sich sog; —
wie war das all so anders! — Nun
geht der Fußtritt der Menschen über
deine Ruhstätte hin. Kein Hügel wölbt
sich über dir; wo du gefallen bist, edler
Jüngling, scharrten sie dich ein, und
ich bin allein auf der Erde! (Pause.)
Gott, erbarme dich des gedrängten Geschöpfs! Bin ich dazu geboren, nicht
nur allein zu leiden, soll ich auch meinem alten Vater, dessen Scheitel graues
Haar schmücket, Gram und Unmut
machen, daß er sterbe und mir Fluch
für Segen zurücklasse? — Ach! mir
schwindelt vor dem schaurichten Gedanken! — Wie oft hat er Freude über
meine Folgsamkeit gezeigt, mich gewiegt
auf seinen Knien, die Hand an meine
                                    Stirne

Stirne gelegt und mich gesegnet! Muß
ich ihn betrüben? Muß ich ihm unge=
horsam seyn, und die letzte Stunde sei=
nes Daseyns verbittern? Muß ich,
und das — ach! für die Liebe, die
mich unglücklich gemacht hat. Wie
schwer wird es mir, zu widerstreben,
und doch — weh mir! ich kann nicht
gehorchen, kann seine Wünsche nicht
erfüllen.

Fünfter Auftritt.

Louise, Marianne.

Louise. Gott Lob, daß du da bist, meine liebe
Marianne, du kömmst recht zur gele=
genen Stunde.

Marianne. Du hast geweint, Louise? Dein
Blut scheint in einer ungewöhnlichen
Wallung zu seyn?

Louise. Du hast recht, Freundin! Mögest du
nie in die Lage gesetzt werden, in die
ich geworfen bin.

Ma=

Marianne. Was könnte dir so schlimmes begegnet seyn? Und wenn du leidest, hast du nicht einen gütigen, liebreichen Vater, gegen den du alles ausgiessen darfst, was dich drücket? Er würde dir sein Mitleid nicht versagen, und du weist, wie das dem Bekümmerten so wohl thut.

Louise. Ach Marianne, da liegt eben das schreckliche! Mein Vater muß mir Theilnehmen und Mitleiden versagen. Ich bin im Begrif, ihn zu beleidigen, wider meinen Willen zu beleidigen.

Marianne. Ich verstehe das nicht.

Louise. Er ist so voll Güte gegen mich, und ich — kann sie nicht annehmen, das thut mir wehe. Kurz war er hier, sprach von seinem Alter, von Tod und Trennung, und wünschte dabey, mich versorgt zurücke zu lassen. Ist das nicht alles, was ein Mann thun kann, der sein Tagwerk mit Wohlgefallen überschauen, und dabey denken kann: nur eins ist noch übrig, nur eine Pflicht zu erfüllen, und dies muß auch gethan werden?

Marianne. Und du? Ich bin begierig zu hören.

Louise.

Louise. Du wirſt es Grille nennen, oder Schwärmerey; — aber nenn es wie du willſt,
ich kann keinem Mann meine Hand
geben, denn ich würd' ihn unglücklich
machen.

Marianne. Einbildung, woran du ſeit einiger
Zeit kränkelſt.

Louiſe. Wollte der Himmel, es wäre Einbildung, aber meine gute Marianne, ich
könnte dich von der Wirklichkeit meines
Unglücks überzeugen.

Marianne. Wenn dir das Erleichterung ſchaft,
ſo thu es, und kann ich dir helffen,
ſo rechne darauf, daß ich es auch thun
werde.

Louiſe. Nein, helffen kannſt du mir nicht, das
kann niemand, ich müßte ein Wunder
erwarten, und das wäre Thorheit. Aber
vielleicht ſchaft es mir Erleichterung,
wenn ich meinen Kummer in deinen
ſchweſterlichen Buſen ausſchütten darf.

Marianne. Und ich will ihn zu lindern ſuchen,
als ob es mein eigener wäre.

Louiſe. Höre, liebe Marianne, kannteſt du den
Lieutenant von Baldern?

Marianne. Ja.

Louiſe. Wars nicht ein edler junger Mann?

H 3   Ma-

Marianne. Warlich keiner von den gemeinen
Menschen, die man alle Tage sehen kann.

Louise. Weißt du auch, daß er in der Schlacht
gefallen ist?

Marianne. Wenigstens wurd es allgemein ge=
sagt, und ich hab ihn beweint, als
wenn er mein Bruder gewesen wäre.

Louise. Gott lohn dir deine Thränen, liebes
Mädchen! Und nun hör auch das
Geheimniß, das noch nie aus meinem
Herzen gekommen ist. Wir liebten uns,
wie wenige Menschen sich lieben, ver=
sprachen uns ewige Treue, und diese
muß gehalten seyn!

Marianne. Ich erstaune! — Und konntest du
das mir, konntest du es einem lieb=
reichen Vater verschweigen?

Louise. Warum sollt' ich den Apfel brechen,
ehe er reif ward?

Marianne. Aber bey alle dem begreif ich noch
nicht, wie das so geheim bleiben konnte?

Louise. Hast du noch nie gehört, daß wahre
Liebe verschwiegen ist, und nur die flat=
terhafte ihre Siege ausposaunet? —
Ich muß dir, da du nun so viel weißt,
unsre Geschichte erzählen. Er hatte bey
meinem Vater zu thun, wegen seines

ge=

geringen väterlichen Erbes, um das
ein verschwenderischer Vormund ihn ge=
bracht hatte, und gestorben war. Es
that ihm wehe, auch das wenige zu
verlieren; aber als mein Vater ihm die
Umstände der Familie des Verstorbenen
schilderte, ertrug er nicht nur sein Un=
glück mit bewundernswürdiger Stand=
haftigkeit, sondern theilte noch von sei=
ner kleinen Gage jenen verlassenen Wai=
sen mit. Damals sah ich ihn zum
erstenmal in der Nähe.

Marianne. Und liebtest ihn? — Er verdiente
es um seiner schönen Handlung willen.

Louise. Nein, ich schätzte ihn nur hoch, und
das — weißt du — ist noch nicht Liebe.
Auch halt' ich nichts von der Liebe,
die gleich im ersten Augenblick empor
flammt; sondern Zeit und öftere Beob=
achtungen machen sie erst rechter Art.
Ein andersmal kam er wieder. Der
Fähndrich Willing hatte in der Hitze
der Beleidigung gegen seinen Obristen
den Degen gezogen, und sollte nun nach
der Schärfe militärischer Gesetze bestraft
werden. Mein Wilhelm bat mit der
Stimme eines Engels um Verschonung

H 4

für ihn, und erhielt sie von der Gnade
des Fürsten. Und eben dieser Willing
war es, der ihn ohne sein Verschulden
tödtlich haßte, der ihn einst bey Nacht
überfallen, und ihm eine Wunde bey-
gebracht hatte, und dieser Edle bat für
seines Beleidigers Leben. — Brauchte
es itzt noch mehr, liebe Marianne, um
ihm mit ganzem Herzen zugethan zu
seyn? — Was soll ich dir alles wie-
derholen? Kurz, so entstand, so wuchs
unsre Liebe. Wir suchten uns, und
bald zeigte sich Gelegenheit, daß wir
uns auch fanden. — Mein Vater ver-
reißte, und also hinderte mich nichts,
ihn täglich zu sehen, zu sprechen, und
in seinen Armen Vorschmack der Seligkeit zu fühlen. Erst vor einem Jahr
rückte sein Regiment ins Feld. Er wagte
sich zu weit auf der Bahn der Ehre,
schon war er der feindlichen Schanze
nahe, die man ersteigen sollte, und
ach — sank von einer Kugel getroffen
in blutigem Staub nieder.

Marianne. Ich begreife, was all das für einen
Eindruck auf ein Herz, wie das deinige
machen mußte. Aber liebes Kind, laß

das

das Vergangene vergangen seyn! Deine
Klagen werden ihn nicht mehr wecken.
Entreisse dich dieser Schwermut und
genieße, was da ist.

Louise. Das ist leichter gesagt, als gethan.

Marianne. Um desto mehr Verdienst hast du
aber auch dabey, wenn dir der Sieg
schwer wird. — Selbstüberwindung ist
auch Tugend.

Louise. O Marianne, ich kann nicht.

Marianne. Du nimmst die Sache zu schwer.
Sage mir, wirst du durch Klagen und
Thränen das Grab erweichen, daß es
den Todten wieder zurückgebe? Kannst
du das, so will ich sagen: geh und
weine, bis du keine Zähren mehr hast.
Aber du weist, das ist unmöglich.

Louise. Leyder, unmöglich!

Marianne. Laß es nicht so weit kommen, daß
du wider die Vorsicht des Himmels
murrest. Ist es nicht Trotz und Eigen=
sinn, da dir derjenige nicht zu Theil
ward, den du dir wünschtest, den eine
höhere Hand dir genommen hat, jeder
andern Verbindung zu widerstreben? Ist
das deine Bestimmung, dein Leben einsam
und im finstern Gram dahin fliehen zu
lassen?   Louise.

Louise. Liebſte Marianne, ich hofte Troſt bey dir zu finden, und nun überhäufſt du mich mit Vorwürfen.

Marianne. Zwingſt du mich nicht dazu? O es wäre Grauſamkeit, wenn ich dich in deinen gefaßten Meynungen erſt noch beſtärken wollte. Nicht wahr, du erwarteteſt, ich ſollte eben ſo, wie du, in Klagen ausbrechen; ſollte ſagen, ja Louiſe, du kannſt nicht glücklich ſeyn, kannſt keinem andern deine Hand geben. Und liebes Kind, wäre das nicht eben ſo viel, als wenn ich dir einen Giftbecher reichte?

Louiſe. Sagt' ich dir aber nicht, daß unſre Herzen unzertrennlich zuſammen hiengen, daß wir einander ewige Treue gelobten; ſoll ich meyneidig werden?

Marianne. Wie ſonderbar du das nun anſiehſt! Hat nicht die Hand des Himmels das Band ſelber aufgelöst? Biſt du ihm dann untreu geworden? Zeigt nicht deine Schwermut, dein Widerſtreben, wie ſehr du ihn liebteſt? Aber nun iſt auf Erden an keine Vereinigung zu denken,

Louiſe. O ich habe viel Jünglinge kennen gelernt, aber keiner machte auf mich den gering⸗

geringsten Eindruck. Widerwillen empfand ich, wenn mir einer die Hand
drückte, und wenn dann mein Wilhelm
sich nahte, o da war mirs, wies einem
Kranken seyn muß, der zum erstenmal
unter freyem Himmel wieder Frülings-
luft einathmet, und an Gottes Sonne
seine matten Glieder wärmet.

Marianne. Gegen das alles wend' ich nichts
ein, aber nun ist dein Wilhelm tod,
und sein Geist lispelt dir zu: es ist un-
gerecht, in der Betrübniß auszuschweifen.

Louise. Sieh, Marianne! wenn ich auch mein
widerstrebendes Herz bändigen könnte,
würde wohl der Kammerherr von
Berg, den mir mein Vater vorschlug,
mit mir glücklich seyn?

Marianne. Warum nicht?

Louise. Ich könnte mich nicht erwehren, immer
zwischen ihm und meinem Wilhelm zu
vergleichen, und wer bey mir dann allzeit verlieren müßte, das fühlst du.
Läg ich in seinen Armen, so würden die
unnennbar seligen Stunden vor mir stehen, in denen mich Wilhelm umschlang.
Ich glaube, bey jedem Kuß würd' ich
aufrufen: Wilhelm, Wilhelm! wie hab
ich

ich dich so lieb! und wenn ich erwachte
aus meiner Betäubung, und sähe den
Kammerherrn an meiner Seite, sieh, da
könnt ich mich der Thränen nicht ent=
halten, ich müßt mich von ihm losreissen.

Marianne. Schwärmerin!

Louise. Hast du geliebt, Marianne?

Marianne. Ja, aber vernünftig denk ich.

Louise. Nun, wenn du dich über mich ärgerst,
so danke dem Himmel, daß er dich käl=
ter gemacht hat.

Marianne. Ich bin warlich nicht kalt, aber un=
mögliche Dinge hab ich nie gefordert.
Louise, glaub es mir, die Zeit heilt jede
Wunde. Laß auch in die deinige ihren
Balsam träufeln.

Louise. Meine Krankheit ist hartnäckig.

Marianne. Um so weniger mußt du dich der Hülfe
des Arzts, der dich ganz gewiß heilen
kann, entziehen. Komm, sey nicht wie
Kinder, die die heilsame Arzney mit Un=
willen von sich stoßen, weil sie bitter
schmeckt, aber vielleicht um desto besser ist.

Louise. Du bist eine armselige Trösterin!

Marianne. Die es doch herzlich gut meynt. —
Aber laß uns aufhören, denn siehe, dein
Vater kommt.

                                        Louise.

Louise. Ach — sonst war sein Anblick Wonne
für mein Herz, aber heut macht er mich
zittern.

Sechster Auftritt.

Die vorigen und der Präsident.

Präsid. Ihr Diener mein Fräulein.

Marian. Ihre Dienerin, Herr Präsident.

Präsid. Bist du aufgeraumter, Louise, als du
vorhin warst? Ich hoffe, die Gegenwart
deiner Freundin hat dich umgestimmt.

Louise. Ach ja!

Präsid. Dem ungeachtet widerspricht der Ton, mit
dem du das sagst, dem Bekänntnis selber. (zu Marianne.) Hat Ihnen, mein
Fräulein, vielleicht Louise etwas von meiner vorigen Unterhaltung mit ihr gesagt,
denn ich weis, daß Sie die Vertraute ihres
Herzens sind?

Marian. Ja, Herr Präsident. Ich sehe keine Ursache, warum ichs Ihnen läugnen sollte.

Präsid. Und wie finden Sie meinen Plan?

Ma.

Marian. Vortreflich, wie ich ihn von einem Vater, der für die Glückseligkeit seiner Tochter
von jeher äusserst besorgt war, erwarten
konnte.

Präsid. Und meine Tochter?

Marian. Die, hof ich, wird Ihre Güte erkennen.

Louise. Gewiß, ich bin nicht undankbar.

Präsid. Das konnt' ich von dir erwarten. Also
wirst du mit freudigem Herzen, unge-
zwungen und so, als hättest du den Plan
zu deiner künftigen zeitlichen Glückseligkeit selbst entworfen, meinen Wünschen
entgegen eilen?

Louise. Muß ich das?

Präsid. Wer spricht von müssen? Ich habe dich
nie als eine Sclavin, sondern stets als
mein liebes gutes Kind gehalten.

Louise. Und kan ich?

Präsid. Warum nicht?

Louise. Das Herz läßt sich nicht zwingen.

Präsid. Freylich, wenn es schon vorher weiß, daß
man es nicht zwingen wird und da-
bey eigensinnig ist."

Louise. Gewiß nicht, sondern wichtige Gründe
bestimmen es, so und nicht anders zu
handeln.

Präsid.

Präsid. Ist das wahr, Fräulein, hat Louise so wichtige Gründe, daß sie meinen Wünschen entgegen strebt?

Marian. Wenigstens glaubt sie's zu haben. Ob ich andern Gründen nicht Platz geben könnte, Platz geben würde, ist eine andere Frage, die aber nicht hieher gehört.

Präsid. Also, merke ich, stehen wir noch immer auf dem Punkt, von dem wir ausgegangen sind, und rückten um keinen Schritt näher zum Ziel. Ich begreife dich nicht, Louise. Wenn du mir nur die Ursache deiner Weigerung sagen wolltest. Hast du so wenig Zutrauen zu deinem Vater?

Louise. Ich habe die größte Hochachtung für den Kammerherrn, aber mit einem Wort alles zu sagen: lieben kann ich ihn nicht.

Präsid. Ich habe nie verlangt, dir den Kammerherrn aufzudringen. Hab ich nicht gesagt: wähl unter allen Jünglingen, die du kennst, einen aus, an dessen Hand du gern durchs Leben giengst, und ich will euch meinen Segen hinterlassen. Schau, Louise, das wiederhol ich dir in Gegenwart deiner Freundin, noch einmal.

                                    Louise.

Louiſe. Allzuviele Güte ! Könnt ich doch mein Herz zwingen , daß es Gebrauch davon machte.

Präſid. Vermochten alſo all meine Vorſtellungen nichts über dich ? Opferſt du die Ruhe deines alten Vaters nichtswürdigen Grillen auf ? — Wenn ich manchsmal dachte, warum arbeiteſt du und kümmerſt dich bis an die Grube, da war die Antwort meines Herzens : für Louiſen. — Warum verſagſt du dir ſo manches , fragt' ich mich oft, das du auch mitmachen könnteſt ? Um Louiſens willen, damit es der, wenn ich ſterbe, an keiner Bequemlichkeit fehle , daß ſie den Ertrag meines Ringens und Strebens ganz genieſſe. Sieh, das that ich für dich, und du biſt mir ſo widerſpenſtig , lohnſt mich ſo ? — Kannſt du glücklich zu ſeyn hoffen ? Kannſt du erwarten , daß dirs wohl gehe und du lang lebeſt auf Erden ?

Louiſe. Ich empfinde die ganze Laſt Ihrer Vorwürfe.

Präſid. So ſuche ſie von dir abzuwälzen, damit ſie dich nicht zu ſpäte drücken.

Louiſe. Verlangen Sie alles von mir , mein Vater und Sie ſollen mit meiner Folgſamkeit

leit zufrieden seyn. Nur in dieser Angelegenheit, bitt ich, martern Sie mich
nicht.

Präsid. Du mißbrauchst meine Güte und das hab
ich von dir nicht erwartet. — Sieh der
Friede breitet jezt seine wohlthätigen
Schwingen über unser Vaterland. Der
Städter und Landmann jauchzt ihm ent-
gegen. Eine Menge Menschen ist zum
Thor hinaus geströmt, um unser Regi-
ment zu begrüssen, das in weniger als
einer halben Stunde kommen muß. Man
macht Anstalten zu frölichen Festen und
schmücket die Tempel, wo man dem
Gott des Friedens danken will. — O
Louise, mit was für einem Herzen soll
ich dabey seyn, wenn sie das Te Deum
fingen, und der Schall der Glocken dem
Nachbar verkündigt: dort ist Freude die
Fülle? — Komm, versüsse mir diese
Feste!

Louise. Warlich es geht mir durchs Herz, daß
ich — daß ich so seyn muß. O Ihre
Sorgfalt für Ihre ungehorsame Tochter!

Präsid. Sonst immer mein gutes Kind, nur heute halsstarrig, und das bey der wichtigsten Angelegenheit ihres und meines Le-

bens, von der ihr Glück und meine Ruhe auf dem Sterbebette abhängt.

Louise. Ich weiß einen Zufluchtsort, da Sie mich versorgt haben wollen.

Präsid. Nun?

Louise. Lassen Sie mich in irgend einem Stift mein Leben einsam zubringen.

Präsid. Das hat noch gefehlt! — Das soll also das Ziel seyn, nach dem ich mit Schweiß und Mühe gelaufen bin? In Kindern und Enkeln hofft' ich fortzuleben, und du willst die süssesten Hofnungen meines Lebens so grausam zerstören? Mein Kind, besinne dich! Komm zurück von deinen Verirrungen!

Louise, (seufzend.) Ah — ah!

Präsid. Weh mir, du bist zur Schwärmerin geworden, denn noch kan ich mich nicht überreden, daß dein Widerstreben Bosheit des Herzens sey. Dein Kopf leidet, und wüßt ich nur woran? Komm, reiche mir die Hand, ich will dich halten, ehe du hinabtaumelst in grundlose Tiefen.

Marian. (für sich.) Guter Präsident, ich wollte dich sicher auf die Spur leiten.

Präsid. Ich sehe, hier ist wenig auszurichten. Fräulein (zu Mariannen) wollen Sie mit

mir die Gefälligkeit erzeigen und meine
Tochter an ihre Pflichten erinnern?

Marian. Mit allem Vergnügen, und hab es bereits gethan, noch eh Sie kamen, Herr
Präsident.

Präsid. Versuchen Sie's doch noch einmal und —
gebe der Himmel Ihren Worten mehr
Kraft über ihr Herz, als die meinigen
hatten! Ich will Sie nicht beneiden,
wenn es Ihnen so gut wird, etwas für
meine Ruhe zu thun. (Er drückt ihr mit
Empfindung die Hand.) Seyn Sie meiner
herzlichen Dankbarkeit versichert, und unter den Vollendeten will ich Ihnen noch
Gottes Segen erflehen.

(Marianne verneigt sich stillschweigend, und der Präsident geht, einen mitleidigen Blick auf Louisen
werfend, ab.)

Siebenter Auftritt.

Louise. Marianne.

Marianne. (nach einigem Stillschweigen.) Kanst
du's aushalten, Louise, einen so gu-
ten Vater zu betrüben?

J 2   **Louise.**

Louise. Gott weis, wie es meinem Herzen so wehe thut.

Marian. Bekenne, denn es wär unverantwortlich, es zu läugnen, daß dein ganzes Bezeugen Thorheit ist.

Louise. Bitter geurtheilt.

Marian. Wenn dir's bitter dünkt, so erwäge, daß es wahr ist. Ein Mädchen von deinen Jahren, deinen Aussichten, mit einem Herzen, das jeder schätzte, der Gelegenheit hatte, es kennen zu lernen, die weder an Geist noch Gestalt von der Natur versäumt ist; ein solches Mädchen verachtet die Vorsorge eines Vaters, der Plane zu ihrem Glück macht, und stoßt den Rath einer redlichen Freundin von sich, um ihrem Eigensinn zu opfern.

Louise. (bitter.) Sehr gut, sehr gründlich philosophirt, mein Fräulein, das könnte zur Noth jeder Professor der Moral sagen.

Marian. Spotte nicht, Louise! es möchte dich einmal gereuen. Sage mir lieber, was willst du mit deinem Jammern und Grämen, wo das am Ende hinaus soll?

Louise. Wo Gott will!

Marian. Versündige dich nicht! Wenn du Lust hast,

haſt, ſo iſt dieſe einzige Rede Stoff zu
einer neuen moraliſchen Vorleſung.

Louiſe. Ums Himmels Willen, Marianne! was
ſoll, was kann ich dann thun?

Marian. Vergeſſen, was kein Klagen und Weinen mehr zu ändern vermag.

Louiſe. Vergeſſen?

Marian. Ehre das Andenken des Abgeſchiedenen,
erinnere dich ſeiner und aller glücklichen
Stunden, die du mit ihm genoſſen haſt;
aber bedenke, daß du nicht Herr über
dein Schickſal biſt, daß eine höhere Hand
die ihn genommen hat, ganz gewiß aus
weiſen Abſichten, die du einſt verſtehen und
ſegnen wirſt.

Louiſe. Und dann?

Marian. Folge deiner Beſtimmung. Auch wenn
dir anfangs der Schritt ſauer wird, zau-
dre nur nicht, es giebt ſich alles. Du
haſt dann dein Gewiſſen auf immer gegen
quälende Vorwürfe gerettet.

(Trommeln und Schieſſen in der Ferne.)

Louiſe. Horch, Marianne, was iſt das?

Marian. Es wird das Regiment ſeyn, das man
erwartete.

Louiſe. O Himmel! — Wilhelm! Wilhelm!
Wollte Gott, du kämeſt mit unter ihnen!

J 3   (Trom-

(*Trommeln und Pfeiffen etwas näher. Man hört von ferne ein Chor Soldaten singen:*

„ Gott donnerte , da floh der Feind ,

Auf, Brüder , finget Gott !

Denn Friederich , der Menschenfreund',

Hat obgefiegt mit Gott ! „

Die Trommeln und Pfeiffen verlieren sich nach und nach wieder in der Ferne. Indeß steht Louise immer niedergeschlagen und ringt zuweilen die Hände. Endlich hört man vom Getümmel gar nichts mehr.

Louise. Ha, wie mir das durch alle Adern tobt ! Gräßlicher Ton ! Aber du solltest mir lieblich seyn, wie die schönste Musik, wenn —

Marian. Laß das , liebe Louise !

Louise. Sieh Marianne, ohne das unglückliche Bley wär jetzt mein Wilhelm auch wieder gekommen , mit Ruhm und Ehre geschmückt. Ich wär in seine Arme, an seinen Busen geflogen — Mein Herz hätt an dem Seinigen geschlagen ! O der erstickenden Wonne !

Marian. Zähme deine Phantasie, liebes Kind! Was helfen dir diese Vorstellungen ? Verbanne sie, denn sie machen dir das Herz schwer, und beßern nichts.

Louise.

Louise. Und er liegt ferne von mir begraben! Ich soll sein Grab nicht sehen, nie Rosen und Maslieben darauf streuen und mit meinen Thränen es benetzen.

Achter Auftritt.

Die vorigen. Ein Bedienter.

Louise. Was giebts, Philipp?

Bedienter. Ein Offizier vom Regiment ist draußen und wünschte Sie zu sprechen, gnädiges Fräulein, wenn es gefällig wäre.

Louise. Ein Offizier? Was kann der wollen?

Marian. Ich dächte, du wiesest ihn für heute mit Höflichkeit ab.

Louise. Warum das? Er wird mir von meinem Wilhelm zu sagen haben und schröcklichers kann er mir nichts bringen, als was ich bereits weis. — Er kann nur kommen, Philipp.

(Der Bediente ab.)

Marian. Daß man so geflissentlich Unruhe suchen mag und dem Schmerz so nachhängt, als ob er Wohlthat wäre! —

J 4   Ich

Ich will mich entfernen, liebe Louise,
vielleicht daß er Aufträge hat, die keiner Zeugen bedürfen.

Louise. Nein bleibe, Da du die Hauptsache
weißt, so magst du nun auch alles
wissen.

Neunter Auftritt.

Die vorigen. Wilhelm von Baldern.

(In Husaren Uniform, mit einem großen Schnurbart,
der ihn unkenntlich macht.)

von Baldern. Verzeihen Sie, meine Fräulein,
wenn ich Ihnen ungelegen komme.

Louise. Sie bedürfen keiner Entschuldigung;
denn ohne Zweifel kommen Sie nicht
umsonst.

v. Baldern. Getroffen, gnädiges Fräulein. Ich
hätte zwar mit Ihnen allein zu sprechen.

Louise. Die Gegenwart meiner Freundin soll
Sie in nichts hindern, Ihr Auftrag be-
treffe, was es nur immer wolle.

v. Baldern. Erinnern Sie sich noch des Lieutenants von Baldern?

Louise.

Louise. O ja, mit ganzem Herzen! — Dacht ichs nicht, Sie kommen seinetwegen zu mir? Willkommen, tausendmal will= kommen!

Marian. Noch willkommener, wenn Sie beſſere Nachrichten bringen könnten, als das Gerüchte ſeines Todes zu bekräftigen.

v. Baldern. Warum ſoll ich Sie vergebens ängſti= gen, Fräulein von Walheim. Wir hiel= ten ihn alle für todt, aber es war nur eine dem Tod ähnliche Ohnmacht.

Louise. (haſtig.) Nicht todt? nicht todt?

v. Baldern. Nein Fräulein. Ich war ihm nah, als wir auf die feindliche Schanze los= giengen, unter einem entſetzlichen Kar= tetſchen und Kanonenfeuer. Er drang vor mit dem Degen in der Fauſt, wir folgten. Wir waren nicht mehr weit vom Ziel, als eine Kugel ihn traf und er vom Pferd fiel.

Louise. Armer Mann! — Aber weiter, weiter!

v. Baldern. Man trug ihn hinter die Fronte und jederman hielt ihn für todt, aber nach einiger Zeit kam er wieder zu ſich ſelbſt. Nun ließ ihn der General in die nah= gelegene Stadt bringen. Man ſorgte für ſeine Wiederherſtellung und dort fand

fand auch ich ihn', weil meine eigene
Wunden gepflegt werden mußten.

Louise. Er lebt also? Marianne! — Gott im
Himmel er lebt!

v. Baldern. Noch ist er nicht völlig genesen, aber
doch aus aller Gefahr. Ich konnte mit
dem Regiment abmarschiren, da befahl
er mir : Freund, dein erster Gang sey
zu Louisen.

Louise. Gott lohn dirs, du Edler!

v. Baldern. Freund, fuhr er fort, sag ihr, daß
ich lebe; daß ich von ihrer Treue und
Liebe alles erwarte, daß ich nachkom-
me, so bald ich curirt bin.

Louise. Ach! wo ist er? Wo ist mein Wilhelm? Ich will zu ihm!

Marian. Um Gotteswillen, Louise, das kann
nicht seyn.

Louise. Warum nicht; warum nicht? O mein
Herr, der Sie so sein Freund sind, sagen Sie mir, wo ist er? Führen Sie
mich zu ihm. Auf den Flügeln der
Liebe will ich zu ihm eilen und wie
Athalante nur die Spizen des empor-
stehen-

stehenden Grases berühren. — Ach! wo
ist er, wo ist er?

v. Baldern. (nimmt den Schnurbart ab.) Hier hast
du ihn!

Louise. Wilhelm! ach mein Wilhelm!

(Sie fallen einander in die Arme. Pause eine
kleine Weile.)

v. Baldern. Gott sey Dank, du bist noch die alte!

Louise. Ja wohl, ja wohl! O wenn du wüß-
test, Wilhelm, was ich indeß gelitten
habe! Aber es ist alles vergessen, denn
du bist da; ich habe dich wieder. —
Sieh, Marianne, Herzens Mädchen!
ich habe ihn wieder!

Marian. Du fühlst, daß ich Theil nehme an
deiner Freude.

Louise. So wie du an meinem Kummer Theil
genommen hast. Denk Wilhelm; sie
hat um dich geweint, wie eine Schwester um den Bruder weinen kann, sagte sie.

v. Baldern. Wodurch hab ich Ihre Güte verdient,
mein Fräulein?

Marian. Ich will Ihnen einst Rechenschaft able-
gen, wenn wir besser Zeit haben.

v. Bal-

v. Baldern. Und ich will Ihre Freundschaft zu verdienen trachten. —— O Louise! meine liebste, beste Louise!

Louise. O daß ich dich wieder habe! Wilhelm, das ist Vorgefül des Himmels.

(Sie fallen einander von neuem in die Arme und überlassen sich ganz dem Gefül der Zärtlichkeit.)

Zehnter Auftritt.

Die vorigen. Der Präsident und der Kammerherr.

Präsident. Philipp sagt, ein Husarenoffizier sey zu meiner Tochter gekommen. Was kan der wollen?

(Er erblickt Louisen in des Lieutenants Armen.)

Tod und Hölle, was ist das?

Louise. Schonung! Verzeihung mein Vater!

Präsid. Ha, ich bin ausser mir! Louise, wer ist dieser Mensch? Wer hat dich in den Armen gehalten? — (zu Mariannen.) Und Sie, Fräulein, können auf meine Dankbarkeit rechnen, die ich Ihnen vorhin versprach

ſprach. Sie haben, ſcheint mir, Louiſen ihre Pflichten treflich vorgehalten.

Marian. Verzeihen Sie, Herr Präſident, die Hize. heißt Sie unbillig urtheilen.

Präſid. Wir wollen ſehen. Aber erſt möcht ich Licht über dieſe ſonderbare Begebenheit verbreitet ſehen. O Louiſe, ungehorſames Kind, was werd ich hören ? (zu von Baldern.) Wer ſind Sie , mein Herr ?

v. Baldern. Ein Mann, den Sie, Herr Präſident, ſonſt einiger Achtung gewürdigt haben.

Präſid. Ihr Name ?

v. Baldern. Wilhelm von Baldern !

Präſid. und der Kammerherr zugleich. Wilhelm von Baldern ?

v. Baldern. Ja.

Präſid. Den hoft ich nicht mehr zu ſehen. Man hat Sie todt geſagt.

v. Baldern. Es war ein Irrthum, ich wars nicht.

Präſid. Aber wie ſind ich Sie hier ?

Ma=

Marian. Herr Präsident, faſſen Sie ſich, zeigen Sie jetzt Ihre Größe! Seyn Sie ein Mann!

Präſid. Bey Gott, ich bins.

Marian. Dies Paar hat ſich unausſprechlich geliebt, aber weder Sie wußten es, noch ich. — Herr von Baldern wurde todt geſagt, Louiſe ward ſchwermüthig und — das übrige wiſſen Sie.

Präſid. Iſts ſo, meine Tochter?

Louiſe. Ja! Und nun komm, Wilhelm, flehe mit mir meinen Vater um Verzeihung.

(Sie knieen nieder.)

Gnade! Gnade mein Vater!

v. Baldern. Herr Präſident, ſeyn Sie auch der meinige!

Präſid. Steht auf! — Ich ſollte dir Vorwürfe machen, Louiſe, daß du mich hintergangen haſt, daß du ſo geheimnißvoll gegen mich geweſen biſt. Hab ich dir je Urſache dazu gegeben?

Louiſe. Nein niemals, aber ich will mein Unrecht gut zu machen ſuchen.

Präſid: -

Präsid. Kammerherr, das war uns beyden un=
erwartet, nicht wahr?

Kammerherr. Das letztere wenigstens gewiß.

Präsid. Was soll nun werden?

Kammerherr. Sie sollen das Paar nicht tren=
nen, das der Himmel für einander ge=
wis bestimmt hat.

Präsid. Ich habe heute viel gelitten, hätt' ich doch
nicht gedacht, daß mir noch Freude zu
Theil werden sollte. Nun Louise —
ich vergebe dir.

Louise. (Küßt ihm stillschweigend die Hand.)

Präsid. Es ist wohl wahr, daß der Himmel un=
sere Schicksale durch Zufälle lenkt, so
bald wir Entwürfe machen. Dies war
der meinige nicht. — Herr von Wal=
dern, ich kenne Sie. Sie werden sich
der Begebenheiten mit Freuden erin=
nern, bey welchem ich Ihnen meine
Achtung zusicherte. Da Sie mit mei=
ner Tochter so stehen, und ich nicht
zweifle, ihr werdet zusammen glücklich
seyn, und auch mir die letzten Tage des
Lebens versüßen, so geb ich zu eurer
Verbindung meine Einwilligung und
meinen Seegen.

Louise.

ihre Vertraulichkeit, Sorgfalt und Liebe! Warum sollte sich nicht auch ein Greis dieses erquickenden Anblicks freuen?

Der Jüngling.

Ich dachte, je länger man in der Welt lebe, desto gleichgültiger müsse man gegen sie werden.

Der Greis.

Nur gegen gewisse Dinge in der Welt.

Der Jüngling.

Je mehr man sich Erfarungen sammelt, wie wenig wahre Glückseligkeit auf Erden ist, desto schwerer wird doch das Leben?

Der Greis.

Wahre Glückseligkeit besteht nicht in Gütern, die ausser uns sind, sondern diese findet der rechtschaffene Mann in seiner eigenen Brust, und sie kann ihm nie, weder durch Menschen, noch durch Schicksal' entrissen werden.

Der Jüngling.

Ich geb' es zu, daß derjenige ein harmloses, ruhiges Alter genießen kann, der die Welt nicht auf ihrer schlimsten Seite kennen gelernt hat, der nie den Ubermuth der Mächtigen fülte, nie über die Treulosigkeit einer Gattin, nie über die Falschheit eines Freundes zu klagen genöthiget war; der nie mit Nahrungssorgen kämpfte: aber, theurer Herr! denken Sie sich einen Men=

schen,

schen, der im Unglück grau geworden ist, wird
dieser auch sein Haupt so froh empor heben und
die Todesstunde mit Lächeln erwarten können?

Der Greis.

Nicht jeder, das ist wahr: Aber möglich wär
es doch wohl, daß es einen solchen Menschen
geben könnte?

Der Jüngling.

Vielleicht Einen unter Zehntausenden.

Der Greis.

Das mehr oder weniger thut nichts zur Sache:
— Haben Sie nie gehört, junger Freund, daß
Leiden und Widerwärtigkeiten stark machen?

Der Jüngling.

Ja, aber ich hab' auch Leute gekannt, die
unter dem Druck ihrer Leiden und Widerwärtigkeiten erlagen.

Der Greis.

Auch ich sah dergleichen und Menschen vom
Gegentheil ebenfalls. Was meynen Sie, wenn
auf der offenen See sich ein Sturmwind erhebt,
das Meer schäumet und tobt, die Wellen das
Schif zu verschlingen drohen, alles furchtsam er-
bebt, mit blassem Gesicht hinaus in das ungestümme Wüten der Elemente sieht; wenn da ein
Mann wäre, voll Ruhe, voll Ergebung in den
Willen der Vorsehung, der seine letzten Kräfte

anspannte, dem Sturm entgegen zu arbeiten, indeß die andern ihre Hofnung aufgäben, dem Tod entgegen zitterten, und unthätig da lägen: würde Ihnen jener Mann nicht gefallen?

Der Jüngling.

Ich würd' ihn bewundern.

Der Greis.

Setzen sie jetzt noch dazu, daß ohne die thätige Hülfe dieses Mannes das Schif ein Raub der empörten Wellen geworden wäre, durch ihn aber gerettet ist — und erscheint Ihnen der Mann nicht gros, nicht ehrwürdig?

Der Jüngling.

Allerdings sehr ehrwürdig.

Der Greis.

Und was ist oft das Leben anders, als eine stürmische See, wo wir mit Leidenschaften, Schicksal und Menschen, so wie jener mit den Wellen zu kämpfen haben. Ist es Würde oder Muthlosigkeit, wenn wir nicht entgegen arbeiten? Denn entgegen arbeiten müssen wir, um die Leiden, wo möglich, von uns abzuwälzen, die uns drücken. — Damit kommt man nicht weit, daß uns andere zur Gednld verweisen, in abgedroschenen Gemeinplätzen. Das sind allzumal leidige Tröster.

Der

Der Jüngling.

Gut! Aber mein Herr, wie gelangt der Mensch
zu dieser Stärke?

Der Greis.

Durch Nachdenken und Erfahrung! —
Ein großer Theil unsers Unmuths rührt sicher
daher, weil wir die Gegenstände in der Welt so
selten in ihrem wahren Lichte betrachten, uns
bald mehr, bald weniger davon versprechen, und
auf jeden Fall manchsmal unsre süße Hofnung
getäuscht sehen. — Würden wir es einmal so weit
bringen, auf kein Ding höhern oder geringen
Werth zu setzen, als es wirklich hat, so ersparten wir uns manchen Gram.

Der Jüngling.

Das ist wahr; aber gesetzt, wir täuschen uns
eine Weile, so werden wir in der Folge desto
gleichgültiger gegen manche Dinge, die uns unentbehrlich schienen, so lange noch der Firnis
daran klebte, mit dem sie unsre verschönernde
Phantasie umgab, und unsre Ruhe ist hergestellt.

Der Greis.

Wir wollen uns in unsern Schlüssen nicht übereilen, denn das ist noch bey weitem der Fall
nicht, daß jeder Mensch dasjenige mit Ruhe anblickt, worauf er erst zu vielen Werth setzte,

K 3 den

den er nun dahin schwinden sieht. Vielmehr wird
sich bey manchem der Unmuth vergrößern. —
Nichts in der Welt schmerzt so sehr, als fehlge=
schlagene Hofnung und Erwartung. Geben Sie
einem Menschen , den dieß Schicksal trift, ein
etwas heftiges Temperament , lassen Sie seine
Erziehung nicht rechter Art gewesen seyn , lassen
Sie ihm jezt ein Gut, das er am höchsten hielt,
verlieren ; ihn, der zu verlieren nie gewohnt war,
sondern nur zu erhalten ; so werden Sie ihn der
Verzweiflung nahe , und vielleicht unterliegen
sehen. So hab' ich einen Menschen gekannt , der
das Hofleben für die größte Glückseligkeit auf
Erden hielt. Er studierte, sah die Welt und nun
wurd er Kammerjunker , war Liebling des Für=
sten und glaubte den Gipfel seines Glücks erstie=
gen zu haben. Der Arme ! — Er hätte weni=
ger erwarten sollen, denn er lernte jezt, daß er
sich zu viel versprochen hatte. Er ward zum
Spiel des Neides und der Cabale, fiel in Un=
gnade, mußte den Hof meiden und — schoß
sich eine Kugel durch den Kopf. Sehen Sie da
ein Beyspiel, daß nicht jeder einen Gegenstand
mit Ruhe anblickt, wenn er sich von ihm ge=
täuscht sieht.

Der Jüngling.

Halten Sie mir diesen Fehlschuß zu gut, der
ich die Welt noch zu wenig kenne.   Der

Der Greis.

Gar gerne! bemühen Sie sich aber frühzeitig, eine richtige Kenntniß von ihr zu erlangen. Das wird Sie vor vielen Fehltritten bewahren. Lassen Sie sich die Regel empfohlen seyn: ,, wünsche und erwarte nicht zu viel. ,,

Der Jüngling.

Mein lieber Herr, das ist gut gesagt und — bald gesagt. Welcher Mensch lebt aber ohne Hofnung und ohne Erwartung?

Der Greis.

Keiner, das ist wahr. Selbst der niedrigste Sclave, angefesselt an seine Ruderbank, erwartet eine Stunde der Erlösung. Was wären wir Menschen ohne Hofnung? Sie ists, die gleich einer freundlichen Gottheit uns im Leiden beysteht, Ahnungen einer heitern Zukunft und Trost zulispelt. Aber wissen Sie wohl, daß man das, was man wünscht und hoft, auch leicht glaubt? Wir bleiben nicht bey der Hofnung stehen, sondern das Uebel hiebey ist, glauben ganz gewiß, es müsse geschehen, was wir hoffen.

Der Jüngling.

Dieser feste Glaube scheint aber mit der Hofnung unauflößlich verbunden zu seyn?

Der Greis.

Scheint, aber ist nicht! — Ich hoffe, daß

K 4

dieser

dieſer Apfelbaum, hier vor meiner Hütte, der
jetzt ſo voller Blüte hängt, im Sommer eine
ſüſſe Frucht tragen werde; allein ich ſtelle mir
den möglichen Fall vor, der Hagel kan ihn be=
ſchädigen, Inſekten können ihn anfreßen, die
Witterung kan das Wachsthum der Früchte hin=
dern. Geſchieht das nicht und ich genieße die
liebliche Frucht, ſo werd ich dem Himmel dafür
danken, im Gegentheil aber trift mich das Uebel
nicht unvorbereitet, wenn es kommt. — So ſoll=
ten wir in allen Fällen denken, — nicht wahr?

Der Jüngling.

Allerdings, und ich füle, wie glüklich wir da=
bey ſeyn müßten. Aber eh' man zu dieſer Selbſt=
überwindung kommt? — —

Der Greis.

Das iſt wahr, da ſetzt's manchen Kampf!
Aber bedenken Sie auch, daß ein Sieg deſto
ſchöner iſt, je ſchwerer er ward. Schlafen wir
nicht weit ruhiger, wenn wir uns den Tag
über müde gearbeitet haben? Wiſchen wir nicht
leichter das Blut vom Finger, den uns die Dor=
nen zerrizten, wenn wir erſt die Roſe der Ge=
liebten, für die wir ſie pflückten, an die Bruſt
ſtecken? —

Der Jüngling.

O mein theurer, lieber Alter! lehren Sie
mich

mich diese große Kunst: hoffen — und nicht hof=
fen, leiden — und ruhig dabey seyn!

Der Greis.

Lieber Jüngling, reden hilft hier wenig, und
nur Erfahrung macht stark. Ich gestehe Ihnen
auch gerne, daß nicht jeder Mensch zum Leiden
und Dulden geschickt sey. Hier kommt oft Tem=
perament, früh eingesogene Grundsätze, Erzie=
hung u. s. w. mit in Anschlag, wenn wir ur=
theilen wollen. Das wenige indeß, was ich Ih=
nen sagen kan, ist dies: Bemühen Sie sich,
jeden Gegenstand, der Ihnen wünschenswert scheint,
in seiner wahren Gestalt zu betrachten. Sie wis=
sen, wie alles in der Welt dem Gesetz der Un=
vollkommenheit unterworfen ist, also fordern Sie
kein vollkommnes Glück. Jedes ist mit Bitter=
keiten vermischt. Erinnern Sie sich der Rose, die die
überall unbegreifliche Natur mit Dornen umzäun=
te. — Gewöhnen Sie sich, wenig zu wünschen und
wenig zu erwarten. Selbst wenn Sie im Besitz ei=
nes Gutes sind, so denken Sie:„ ich kann es wie=
der verlieren.„ Geniessen Sie der Gegenwart,
thun Sie das Ihrige treu und redlich, und las=
sen Sie den für die unbekannte Zukunft sorgen,
der unzählbare Welten mit allmächtiger Hand
umspannen kan, jedes seiner Geschöpfe sieht, seine
Bedürfnisse, Wünsche und Erwartungen kennt
und

und nur das giebt, was gut ist, nur das ver-
wegert, was uns schädlich wäre, wenn's uns
schon oft nicht so scheint. Das hat mich die
Erfahrung gelehrt. — Mein Leben war oft be-
schwerlich , aber es war mir heilsam. — Jeder
Mensch hat sein Theil Schmerzen und das ums
so seyn, damit wir nicht übermütig werden. A-
ber sie gehen oft bald vorüber und werden durch
Geduld leichter. Die Leiden zu vermindern, ihnen entgegen arbeiten, so viel wir können, so wie
wir bey körperlichen Unbequemlichkeiten die Hülfe
des Arztes suchen, ist unsere Pflicht: aber muthlos werden, sich der Verzweiflung ergeben, —
das heißt der Vorsicht, die uns — so bald sie will
— Linderung im Elend geben kann, trotzen und
ihre Allmacht verläugnen. Oft sind unsre Widerwärtigkeiten äußerst klein, wenn wir sie mit dem
Ungemach unsrer Nebenmenschen vergleichen. So-
lon fürte einst einen seiner Freunde, der viel zu
leiden hatte, an den höchsten Ort der Stadt,
hieß ihn die Häuser beschauen, und sagte dabey:
„ Ueberlege, wie viel Noth, Unglück und Elend
in all diesen Häusern schon ehmals gewesen ist,
noch jetzt seyn mag und künftig seyn wird. Dann
vergleiche dein Elend damit und du wirst weniger
betrübt seyn. „ — Welch ein Trost, wenn ich leide,
und einen andern noch gedrückter sehe, der Seinen

Mut

Mut und den Glauben an die Vorsehung nicht
finken läßt. — Vergessen Sie meine Lehre nicht,
dann werden Sie einst eben so ruhig, als ich,
hinaus in das bunte Gewimmel der Welt blicken,
eben so ruhig dem Tod entgegen harren können.

Der Jüngling.

(Dem Alten um den Hals fallend.) Ich will, —
ja ich will! Aber Gott, nur Mut und Standhaf=
tigkeit, denn es ist schwer, mit sich selbst zu käm=
pfen.

Der Greis.

Wohl! aber wenn wir siegend aus dem Kampf
zurük kommen, lohnt sichs reichlich, und am A=
bend des Lebens träuft die errungene Palme süße
Kühlung auf unser Sterbebette.

III.

III.

Charaktere.

Die fünf klugen Jungfrauen.

(Im Heumonat 1781.)

Jedermann ist das Gleichniß von den zehn Jungfrauen, im Ev. Matthäi Cap. 25. bekannt. Es wird dort nur überhaupt gesagt, fünfe waren klug und fünfe thöricht. Hier ist ein Versuch, worinn der besondere Charakter einer jeden etwas weiter ausgemalt ist. Er kan dienen, als Wink für irgend einen Maler, der es vermag, jeden menschlichen Charakter nach seiner Eigenheit und Verschiedenheit von andern, lebend darzustellen. Er kan aber auch als Beytrag zur Charakterkenntniß — die eine der ersten Bemühungen eines jeden seyn sollte — angesehen werden, denn Pope hat Recht: „ The proper study of Mankind -- is Man. „ (Das vornehmste Studium für den Menschen ist — der Mensch selbst.) Daß ich die orientalische

Mäd-

Mädchen in deutsche verwandelte, geschah aus
guten Ursachen, und Namen haben sie darum
erhalten, damit sie desto schneller zu unterschei-
den wären. –

I.

Amalie.

Im Schooß des glücklichen Mittelstandes geboren, lebt Amalie bey ihrem Vater auf einem
Dorf; die Mutter ist lange gestorben. Mit dem
ersten Stral der Morgensonne springt sie aus
dem Bette, und bewillkommt den jungen Tag
mit einem herzlichen: „ Wach auf mein Herz
und singe. " In der frischen Quelle wäscht sie
ihr jugendlich heite:s Gesicht, und beginnt ihre
Arbeiten, die sie mit emsiger Treue verrichtet. –
Ein hungernder Armer kömmt, indessen der Mit-
tag herannaht. Siehe, wie sie so freundlich den
Bissen auf ihrem hölzernen Teller mit ihm theilt!
Auch das Vieh wendet sich an die wohlthätige
Schöne. Mit Wedeln kömmt ihr der grimmige
Roland entgegen, unwillig, daß seine Kette ver-
beut, an ihr hinauf zu springen. Stiller schleicht
sich die Hauskatze mit bittendem Miaunen zu ihr.
Die Finke streicht den Schnabel am eisernen Ge-
gitter des Käfigs hin und her, zum Zeichen „ ich
hungere. " Aussen auf dem Hof laufen ihr
Hü-

Hüner, Gänse und Enten entgegen, und alle
Kreatur kennt die Holde, und wartet der Sätti-
gung aus ihrer milde sich öffnenden Hand. Am
Abend geht sie dem ermüdeten Vater entgegen,
wenn er vom Felde kömmt, nimmt ihm Sense
oder Hacke ab, wischt den Schweiß von seiner
verbrannten Stirne, und führt ihn lächelnd in
die Hütte, wo sie ihm Erfrischung bereitete.

Welch eine Geschäftigkeit! Wie ist sie bemüht,
ihm die Nachtmüze zu bringen, den Fußschemel
zu rechte zu legen, daß er sanfter ruhe. Nun
hebt sie mit ihm gemeinschaftlich die Hände zum
Allvater empor, dankt für seine väterliche Güte
bey Tag, bittet um Schutz in der Nacht. All
ihr Gebet ist wahre, herzliche, kindliche Einfalt:
„ Dein Wille geschehe! “ Sie liebt Gott,
der ihr einen so guten Vater geschenkt, der ihre
Heerden vor Krankheiten und ihre Felder vor Wet-
terschaden behütete. Im singenden Vogel und im
wankenden Grashalm ist ihr der Schöpfer gegenwärtig, die Flur ein Tempel. Ohne Sorgen,
ohne Wünsche und Hoffnungen durchlebt sie den
Frühling ihres Lebens vergnügt mit sich selber,
und begabt mit einem Herzen, das fähig ist,
glücklich zu seyn, und glücklich zu machen.

II.

II.

Charlotte.

Siehe da, Späher guter und treflicher Menschen, eine der edelsten Seelen, die du auf dem
Weg deines Nachforschens finden kannst! Die
Hauptzüge ihres Charakters sind: „ ein aufgeklärter, hellschauender, richtiger Verstand, ein warmes, offenes und redliches Herz, ohne Falschheit, ohne Verstellung; glücklich, wenn sichs
gegen seine Lieben ergiessen darf. " Die Farbe
der Jugend und Gesundheit schminkt ihre holdse-
ligen Wangen. Das schönste Ebenmaß ist in ihren Gliedern. Lächelnd ist der Mund, und ein
Grübchen hatte die jüngste der Grazien bey ihrer
Geburt ins Kinn der kleinen Lotte gedrückt.
Frühe hatt' ihr Vater und Lehrer ihr weiches
Herz zu jeder Tugend gebildet, ihren Verstand
mit mannigfaltigen Kenntnissen bereichert. Sie
weiß vieles, aber spricht wenig in Gesellschaft,
— hört lieber. Emsig sammelt sie alles ihrem
Geschlecht wissenswürdige ein, nicht um zu glän-
zen, sondern um besser und aufgeklärter zu werden, um mit wahren Vollkommenheiten erscheinen
zu können, wenn der Bräutigam kommen wird.

Sie lebt und webt für Freundschaft und Men-
schenliebe. Glück ihrer Lieben ist ihr eigenes, Leiden derselben ist auch ihrem zärtlichen Herzen
Kum-

Kummer. Mit dem ersten Händedruck, dem ersten gefälligen Lächeln, mit dem sie dir entgegen
kömmt, wenn du ihrer würdig bist, mußt du
ihre Seele ganz und richtig durchschauen können,
oder du verstehst dich nichts auf die Menschen!
— Sie ist mit der ganzen Welt zufrieden, wenn
sie mit dem Freund oder der Freundin einen
glücklichen Abend im harmlosen Herzenserguß ver-
leben kann. Ihr Herz ist jedem edeln Vergnügen
geöffnet, weil sie weis und überzeugend fühlt,
daß Freudigkeit die Mutter aller Tugenden ist. —
Den schönen Fehler aller guten Seelen, die Menschen meistentheils nach sich zu beurtheilen, hat
sie auch. Nichts kränkt sie mehr, als das Gefühl, sich in eines andern Charakter geirrt zu
haben. Findet sie ihn besser, als sie Anfangs
glaubte, so bittet sie den Verkannten in ihrem
Herzen tausendmal um Vergebung. Ist er schlech-
ter, als sie dachte, dann hält sie für Pflicht,
jedes zu warnen, damit es nicht auch erst durch
Schaden klug werden möchte. — Ganz genießt
sie die kleinste Schönheit der Natur, und in vollen Zügen schlürft sie die — kalten Seelen unbekannte — Süßigkeit ein, die Dichtkunst und
Musik denen gewähren, die reines Herzens sind.

III.

III.

Karoline.

Dieses edelgebildete Gärtner=Mädchen ist alles, was sie ist, fast durch sich selber geworden. Frühzeitig mußte sie eines der Leiden erfaren, die den Menschen ihr Daseyn verbittern. Ihre Mutter starb an Karolinens Geburt. Sie hat nie das Glück erfahren, eine Mutter zu haben, denn die zweyte Gattin ihres Vaters war ein störrisches, unempfindliches und bitteres Geschöpf. Karolinen hingegen schenkte die Natur ein empfindsames Herz. Ihre Bildung war von Seiten der Mutter versäumt. Dies sahe sie bald ein, und suchte Gelegenheit, von andern Mädchen ihres Alters, die eine bessere Erziehung genossen hatten, zu lernen. Oft in mondhellen Nächten schlich sie sich, wenn alles schlief, aus dem Bette, und suchte Gellerts Schriften hervor, die ihr Vater besaß. Mit einer unbeschreiblichen Begierde verschlang sie alles Gute und Schöne. — Von ihrer Mutter wird sie aufs grausamste gemißhandelt. Jeder Tritt, den sie thut, wird gehässig aufgedeutet. Sie arbeitet im Garten den ganzen Tag bey der ärgsten Sonnenhitze, daß ihr bey Nacht alle Glieder brennen, und — alles ohne Dank und ohne Lohn. Schelt

Erstes Bändch.   L   worte,

werte, wohl auch Rippenstöße sind die Vergeltung des Schweißes, der die edle Stirne herabrollt. — Noch hat sie's nicht zur völligen Stärke gebracht, jede Mißhandlung mit Ruhe zu ertragen. Manche Thräne fließt im Verborgenen. Sie fühlt, es sey wahr, was Jeannette in meinem Lieblings = Lustspiel von Gotter sagt : „ Aufgeklärte Begriffe und verfeinerte Empfindungen sind nur für die Glücklichen ein Glück. " Mancher Wunsch um Erleichterung entfährt der eingeengten Brust. Wie der Fisch nach Wasser, so lechzt sie nach Luft und Freyheit. Aber gegen ihre Eltern ist sie folgsam, nachgebend, getreu in Ausrichtung ihrer Befehle, unermüdet in der Arbeit, und mit wenigem vergnügt.

Harre noch aus, gedrückte Dulderin! Deine Thränen, die verborgen, oder nur dem Aug derer sichtbar fließen, die deinem edlen Herzen werth sind, werden getrocknet, dein kindlich warmes Gefühl wird belohnt „ und dein Leiden gelindert werden. Es ist schwer — das hast du gewiß erfahren — mit sich selbst und gegen Unterdrückung zu kämpfen ; aber hebe nur getrost dein Haupt empor! Sey stolz auf dich selber! Es wird auch die Stunde schlagen, in der du mit erheitertem Gesicht dem Bräutigam entgegen gehst.

Fahre

Fahre fort, Geist und Herz so zu bilden, wie du
anfiengst, und wisse, daß der Beyfall unsers in=
nern Richters über alles erhaben ist, und daß
der Vater im Himmel seinen Kindern keine größere
Last auflegt, als die sie ertragen können.

IV.

Wilhelmine.

Wir haben eine leidende Karoline gesehen,
und sie gewiß liebgewonnen. Wilhelmine hat
auch gelitten, ist durch Leiden und Wiederwärtig=
keiten stark geworden, und steht nun fest, wie
die Eiche im Donnerwetter. Wer aus einem
Schiffbruch glücklich gerettet worden ist, sieht
dann vom sichern Ufer dem Sturm ruhig zu,
und freut sich, so weit gekommen zu seyn. So
auch sie! — viel hat sie geduldet, viel gerungen,
war oft der Verzweiflung nahe gekommen: aber
sie fülte, daß die Tugend erkämpft seyn will und
daß jede Palme Schweiß kostet. Sie strengte
sich wieder stärker an, bis sie zulezt siegte. Un=
schuld und Reinigkeit des Herzens giebt ihr Mut
und Festigkeit. Sie richtet all ihre Pflichten mit
Emsigkeit, Einsicht und unwandelbarer Treue
aus, unbekümmert, ob andere sie loben
oder tadeln, da sie selbst und alle Guten von ih=

L 2   rer

rer Rechtschaffenheit überzeugt sind. Sie hat es
so weit gebracht, ihren Lästerern und Verfolgern
zu vergeben, denen wohl zu thun, die sie zu un-
terdrücken strebten.

Wilhelminens Schicksale zu erzählen, würde
zu weitläufig seyn, da man eine ganze vollstän-
dige Geschichte schreiben müßte. Aus dem, was
bisher nur kürzlich von ihr gesagt worden ist,
läßt sich leicht abnehmen, daß sie eine lange Zeit
traurig gewesen seyn müsse. Aber sie hatte den
Vortheil von ihren trüben Stunden, daß Leidenschaften unterdrückt, und Tugenden geweckt
worden sind. Güte, Sanftmut, Gelassenheit,
Unterwerfung, männliche Festigkeit und ruhiges Ausharren, sind die wesentlichen Bestand-
theile ihres Charakters. O was must du für
eine Gattin, für eine Mutter werden! — Glücklich ist der Jüngling dem dein Herz zu Theil
wird, den du — erfarene, geprüfte und treu er-
fundene, — an deiner Hand durch dies Leben
begleitest.

V.

Sophie.

Sie mag den Beschluß machen, in der Gesellschaft der Edeln! — Ich glaube in ihren Ge-
sichts-

ſichtszügen zu bemerken , daß ſie ähnlich ſind
dem Mond , über welchen einzelne dumpfige
Wölkchen vorüber fliegen, die aber doch — dā
das Gewitter, das ihn verſteckte, vorbeygezogen
iſt, — ſeine Schönheit nicht vermindern können.
Sie iſt eine von denen Seelen, von welchen man
ſagen kan: „ zu gut für dieſe Welt. „ Geboren mit einem Herzen voll Gefül und Wärme,
erzogen unter ganz guten Menſchen , unbekannt
mit der Welt, ihren Ränken , Bosheiten, Ver-
ſtellungen und Thorheiten , glaubte ſie lange,
jedes gegen ſie kommende Geſchöpf ſey ſo gut,
ſo unverſtellt , wie ſie ſelbſt. — Aber wie oft
ward ſie hintergangen, wie oft betrogen! Wie
vielmal diente ſie zum Spott niederträchtiger
Menſchen ! — Das machte ſie ſcheu. — Ge-
kränkt, und durch ſo viel Menſchenliebe zu Grun-
be gerichtet, — traurig, daß ſo wenige den warmen ſchweſterlichen Druck ihrer, ſanften Hand
verſtunden, zog ſie ſich zurück von aller Geſell-
ſchaft. Manche gute Seelen ſuchten ſie vom
Menſchenhaß zu retten, thaten ihr Gutes ; aber
nun argwöhnte ſie überall einen Feind. Amyn-
ten gelang es. Er wußte ihr auf eine gute
Art beyzubringen, daß Wärme des Herzens allein nicht hinlänglich ſey , ſondern daß man eine
gewiſſe Klugheit im Umgang auch nötig habe.

L 3   Amynt

Amynt ſehnte ſie durch Beyſpiel und Lehren mit
den Menſchen wieder aus. Und nun Jüngling,
der du ein gutes Mädchen ſuchſt, denke dir ih=
res Herzens fürtrefliche Eigenſchaften und daß
ihre nunmehrige Schritte von Vorſicht und Klug=
heit geleitet werden ; wie freudig mus ſie am
Ziel ſeyn ! — Unverdorben, wie zuvor, und
doch glücklicher als damals.

IV.

IV.
Die fünf
thörichten Jungfrauen. *)

Im Ostermonat 1783.

I. Clara.

Daß der Anzug sehr oft verrathe, wie es um Kopf und Herz eines Menschen aussehe, ist eine Bemerkung, die sich auf vielfältige Erfahrung gründet. — Clara erscheint immer mit Federn in den Haaren, als ob sie kaum das Bette verlassen habe. Die Kleider hangen nachläßig, wie Lappen, um sie herum, sind beschmutzt und verdorben. Dort am Rande der Schürze ist blos mit der Stecknadel ein Loch zugeheftet. Die Schuhe sind hinunter getreten und das Halstuch ist ausgefasert. Ihr Zimmer ist ein wahres Arsenal von altem Gewand. Dort in einem Winkel alte Wäsche, hier ein Diamantkreuz auf

L 4

der

---

*) Es kan gar wohl seyn, daß hier gerade die interessantesten Charaktere nicht gewält worden sind, aber eben weil es der Thoren eine so ungeheure Menge giebt, ist die Wahl um so schwerer. Wie leicht hätt ich statt fünfen dreyßig schildern wollen! — Ich wälte aber nicht lange, sondern nahm nur solche, die ich zunächst kennen zu lernen Gelegenheit hatte.

der Erde, unter Stayb und Papierabschnitz. Nichts
wird an demjenigen Ort aufbewahrt, wohin es
gehört, sondern bald da, bald dorthin geworfen.
Ein andermal kan sie im Festagsornat Feuer im
Ofen nachlegen und sich berußen, statt zu einer
solchen Arbeit geringere Kleider anzulegen. —
Die Ursache hievon? — Clara ist immer
zerstreut. Ihre Seele haftet an keinen Gegenstand. Kaum hat sie ihn gefaßt, so drängt sich
ein neuer herzu. Ist sie beym Spiel, so denkt
sie an die Kirche, seufzt über schlechte Zeiten
und versäumt den Satz, oder das Auswerfen.
In der Kirche hingegen sagt sie ihrer Nachbarin,
wie viel Solo sie in letzterer Spielgesellschaft gewonnen habe. Alles, was sie thun soll, vergißt sie. Sie ladet z. B. Gesellschaft zu sich
ein, und kommt man, so will sie nichts mehr
davon wissen. Jüngst sollte sie mit ihrem Coridon
ausfaren. Er kam, sie abzuholen, aber Clara
hatte vergessen, den Friseur zu bestellen, der
nun nimmer zu finden war, und aus der Spazier-
fart ward nichts. Daß sie die Stunde vergessen
wird, in der sie am Altar mit ihrer Hand einen
Mann bestrafen soll, ist ausser allem Zweifel.

II. Dorine.

Ein allerliebstes Püppchen, mit den schönsten
Anlagen, einst eine Frau — zu Tisch und Bette

te zu werden! Sie sieht nicht uneben aus, nur
da ihr die Natur das Roth der Wangen ver-
sagte, muß der liebe Carmin diese stiefmütter-
liche Verweigerung mit seiner allgewaltigen Zau-
berkraft verbergen. In Gesellschaften ist sie nicht
stumm, sondern führt gern das grosse Wort. Sie
bildet sich ein, alles zu wissen, und spricht daher auch in alles. Trägt jemand eine Meynung
über etwas vor, so zieht sie den Mund in die
Breite, rückt auf dem Stul hin und her, und
ehe die andere Person noch geendet hat, erscheinen ihre Gedanken im Publiko. Spricht man
von neumodischen Hauben, Frisuren, Perlenschnü-
ren, Spizgarnieruugen und dergleichen wichtigen
Dingen mit ihr, da weiß sie mehr, als wenn
man sie fragte, ob Madrid in Deutschland,
oder in Spanien liege. Da gleicht der Strom
ihrer Beredsamkeit dem, womit in der alten Welt
de Demosthene und Cicerone so vieles bewirk-
ten. — In der Küche sieht man Dorinen durchs
ganze Jahr nicht, ausser wenn sie Lust hat, die
Magd die grosse Fertigkeit ihrer Zunge zum Zau-
ken sehen zu lassen, das dann mitunter auch zu
geschehen pflegt. Um andere weibliche Arbeiten
kümmert sie sich wenig; und warum sollte sie das
auch? — Weiß sie sich doch aufs niedlichste zu
puzen, kan sie doch alle Welt bekritteln und ist

im

im Stande durch Eigensinn und Naseweisheit
Papa und Mamma zum Schweigen zu bringen.
Eine ihrer Haupttugenden ist, daß sie jedermann
zu tadeln weiß. Nichts in der Stadt ist vor ihr
sicher, und von jedem Schritt, den andere thun,
weiß die einsichtsvolle Dorine Absichten und Fol=
gen. Bekommt sie einst einen Mann, dem das
gute Geschick in den Stand gesetzt hat, von eigenen
Mitteln leben zu können, so darf er nicht sorgen,
daß ihm die Zeit, auch ohne bestimmtes Geschäfte=
zu lange werde, denn sie weiß, vermöge solcher
Talente, ihn genug zu unterhalten, und wenn
er an Kleinigkeiten Gefallen hat, ihn vor der Mar=
ter der langen Weile zu bewahren.

III. Henriette.

Dies Mädchen ist ganz für das gesellschaftliche
Leben verdorben, denn sie hat drey sehr auffallen=
de Fehler, die sich damit unmöglich vertragen.:
Eigensinn, Wankelmuth und üble Laune.
— Zureden ihrer Freundinnen, ihrer Eltern, Güte,
Nachsicht, Schärfe, — alles ist bey Henrietten
umsonst angewandt.— Man will ausgehen, aber
sie findet unüberwindliche Hindernisse, warum sie
nicht folgen kan; aber eine halbe Stunde darnach
gereut sie's wieder. Mit möglichster Schnelle klei=
det sie sich an, und eilt zur Gesellschaft um diese zu
peinigen. Spielt man Tarok, so verlangt sie Tri=

set

set, und entschließt man sich dazu, so wär' ihr Pi-
quet noch lieber. Geht man auseinander, so
will sie bleiben und murrt, daß man schon so früh
aufbreche. Will hingegen jedermann bleiben, so
findet sie tausend Ursachen, weßwegen sie sich von
von der Gesellschaft trennen muß. — Heut liebt
sie, morgen ist sie gleichgültig. — Nimm dich in
Acht, wenn auf ihrer Stirne Wolken sich verbrei-
ten, sie zu fragen, was ihr fehle, denn ich fürch-
te, du wirst ohne Antwort bleiben. Vier Wochen
an einem fort — welches warhaftig von einem
Frauenzimmer unglaublich scheint — kan sie schweigen, und gäbe nicht der Hall der Thüren, die sie
unaufhörlich ärgerlich zuschlägt, ihre Existenz zu
erkennen; so sollte man nicht glauben, daß sie im
Hause wäre, oder doch daß sie im Schlaf wandle,
wenn man sie sieht. — Hat sie sich etwas in den
Kopf gesezt, so ists umsonst, es vertilgen zu wollen, denn ihre Stirne ist eisern. — Ihr Lieblings-
wort in der Ehe dereinst wird ohne Zweifel immerfort Nein seyn, wenn der Mann Ja sagt.

IV. Gertrude.

Siehst du sie hier, diese mit blaßem Gesicht,
der beschnittenen Oberlippe und der leeren, platt-
gedruckten Stirne; mit dem kalten boshaften Blick
und der spizig hervorstehenden Nase? — Es ist die
einbildische, neidische, undankbare und geizige
Ger-

Gertrude. — Der Contrast wird um so stärker, wenn wir sie gegen Wilhelminen stellen, die vierte unter den klugen Jungfrauen, die ihre leibliche Schwester ist. Gertrude versteht sehr wenig von Haushaltung und andern weiblichen Geschäften, bekümmert sich auch wenig darum; nur wenn sie einmal zum Zeitvertreib angreift, so geschieht es mit gewaltigem Gebraus und Lärmen, ohne doch viel auszurichten. Denn reibt sie sich die Stirne, klagt über Mattigkeit, weil alles auf ihren Schultern liege und erzählt nun, was sie alles gethan habe — und nicht gethan hat. Ihre Mutter, ihre Schwester und alles, ist nichts gegen sie; niemand ist so geschickt, niemand so einsichtsvoll, als die kluge Gertrude. Aber, o Jammer! die undankbare, die blinde Welt will es nicht erkennen, daß es wahr sey, was sie selbst im Posaunenton von sich rühmt. — Reiche du der Magd ein Stück Brod, so wird sie so lange nach ihr hinblicken, bis es verzehrt ist. Betrachte ihren Teller bey Tische, wie voll ist er angefüllt mit Speisen und der halbe Theil davon bleibt liegen. — Höre den Handwerksmann, der für sie arbeitet, er wird dir sagen: „sie preßt mir durch ihre Filzigkeit die bittersten Thränen aus.,, — Höre die, die ihr Gutes thaten, wie sie ihnen durch Heimtücke, Falschheit und Insolenz das Leben zu erbittern sucht, wie

sie

sie ihnen zu schaden trachtet! — Wenn der Narr nur ein bloßer Narr ist, so kann man Mitleiden mit seiner Schwachheit haben: aber ist er zugleich niederträchtig boshaft, dann verdient er die tiefste Verachtung. — Noch einen besondern Zug von Gertruden muß ich bemerken. Sonst ist der Geizhals ordentlich, hält alles, auch das kleinste, das unbedeutendste zu Rath; aber dieses Mädchen ist die Unordnung selbst und giebt in diesem Stück nicht einmal der zerstreuten Clara etwas nach.

V. Sibylle.

Lächle herab von der heitern Bühne des Himmels, heiliger keuscher Mond! denn Sibylla klagt dir ihre Leiden. Einer von ihren zwanzig Liebhabern, der eine Treue zu finden glaubte, und eine flatterhafte fand, hat sie verlaßen. — Wie warm war sie noch gestern, wie voll des paradiesischen Entzückens! Wie oft schwur sie: „nur dich will ich lieben, mit dir will ich verlaßen Vater und Mutter, mit dir verkleidet bis ans Ende des Ozeans laufen, den kalten Stein, aufdem du in meinen Armen ruhest, für ein Schwanenbette halten!„ — Noch gestern schwur sie so, und heute sagt ihr Dorant ein paar duzend Schmeicheleyen vor, und weg ist alle Liebe, dahingeschwunden jede Erinnerung des vergangenen. Dorant verläßt sie aber auch, und nun beginnen die melancholischen Klagen.

gen. — Arme Sibylle! die Romanen haben dir das Gehirn verrückt! Du suchst deinen Grandison, und findest ihn nicht in der wirklichen Welt. Beym ersten Anblick gefällt dir ein jeder, aber du findest dein Ideal nicht, und so warm du gewesen bist, so kalt wirst du in wenigen Tagen, und vergessen zu seyn ist das Loos desjenigen, der deinen Reizen huldigte. — Komm zurück von deiner Schwärmerey! Die Welt ist kein Elisium, aber auch keine Hölle. Die Menschen sind keine Engel, aber auch keine Teufel. Schäze das Gute, das du findest und such' ihre Fehler zu tragen. Vergiß deine Ideale und nimm vorlieb mit einem Geschöpf, das man alle Tage sehen kan! — Liebe stillet den Hunger nicht, und aus einem Stein wird nie ein Schwanenbette werden. Dies ist das Oel, das du für deine Lampe kaufen sollst, aber fein zeitig, denn sonst wird die Stunde vorüber gehen, in der du den Bräutigam finden könntest, den einzigen vielleicht, der dich aus der Zahl der thörichten Jungfrauen erlösen kan.

Ende des ersten Bändchens.